小型報版面設計之閱讀效能研究

NEWS PAPER LAYOUT DESIGN

NEWS PAPER LAYOUT DESIGN

■世新大學圖文傳播暨數位出版學系
王祿旺　著

Fugitive ex Hsinchu Council speaker returns

自序

隨著科技、交通的日益發達與便捷，人們生活方式改變了，從過去農業時代悠閒的慢活轉為工業時代以速度取勝的快活，什麼事都求快，連閱報也要求小而美，以符合短小輕薄原則。近年來，油、電價雙漲人們生活成本大幅提高，老百姓深感居家不易，許多原以自用車代步通勤的上班族或上學的學生，紛紛改以搭乘大眾運輸系統以節省支出。這些通勤族在通勤的過程裡、為了打發時間多以閱讀為主，以致各式報刊、雜誌皆以此市場為爭奪要地。國內報業經營者嗅到契機，分別以短小輕薄為導向在傳統之大型報外另發行小型報，小型報除了方便攜帶，也大幅縮短閱報時間。台灣小型報的發行量屬台北捷運公司發行的贈閱報——Upaper 最大，Upaper 每周一至周五發行，每天發行約十八萬份，上午六時卅分前準時上架，共有四十八個版的內容，除了時事要聞外，它還包括台北都會的生活資訊、吃喝玩樂等訊息。逢周五發行的 Upaper 還特別增加出遊、追星、看屋、買菜等實用性資訊可作為周休假日出門的參考，Upaper 與每天高達一百二十萬的搭乘人次產生密切關係。

在多元化的媒體競爭下，閱報率逐年下滑，為了提供讀者一份現代化的報紙，報社必需要不斷的創新。在台灣，小型報發行量最大的就屬台北捷運公司所發行的捷運報，其主要閱報對象設定為十六到三十五歲的學生與上班族，同時，因為捷運族近七成是女性，所以內容規劃以女性關心的軟性議題為主，包括捷運沿線吃喝玩樂、都市感情生活等。報紙除了新聞內容要符合讀者所需外，「版面的編排設計」是報紙在競爭激烈的環境中，另一項重要的行銷關鍵。好的版面設計，是在第一時間吸引讀者的關鍵。現代報紙版面設計，以視覺元素為導向，重視標題、字體的表現和易讀性，對於字體大小、字距、欄位、色彩和圖片等也是報社編輯注視的元素，透過多種的視覺元素才能打造出適合讀者的現代化版面，也創造新的版面美學。此外，報紙的易讀易翻，會讓新聞呈現更有系統，讀者即使讀全版新聞也不感到疲憊。

本研究為一完全隨機性質的實驗研究，採用 2（三欄與四欄）×2（細圓體與細明體）×3（10pt、10.5pt 及 11pt）的三因子實驗設計，總共交叉形成 12 個實驗性版面變化。藉由版面編排的控制，測試讀者對不同版面所產生的易度性及閱讀效能。另外，由於學生族群佔了捷運人口三成以上，為了方便取樣以達到實驗的結果，樣本主要是以政大、銘傳及世新大學之傳播學院學生共計 480 位為測試對象。

本研究之第一章為說明研究之背景與動機、研究目的、研究問題、研究假設、研究流程、研究限制及預期結果。第二章則說明與探討與本研究有關的各種研究背景與依據，以確立研究架構方法與內容。第三章之內容為說明本研究之研究方法，包含訪談法及實驗設計，說明如何選擇樣本以及自變項、因變項如何定義，如何設計並製作問卷，實驗之步驟為何，以及實驗所得之資料如何分析。第四章則係針對實驗結果予以整理分析，並進行相關討論。第五章針對研究結果進行結論，並對業者學者提出未來研究的建議。

本項研究始於去年，文內許多的資料與實驗皆由本人指導之研究生姮琇代為執行，姮琇聰明伶俐、做事認真負責，本研究能得以完成她可是居功厥偉，在此除了感謝她也祝她工作順利。

王祿旺 謹識 2008 年 8 月於
世新大學圖文傳播與數位出版學系

Fugitive ex-Hsinchu Council speaker returns

目次

表目次

圖目次

Fugitive ex-Hsinchu Council speaker returns

第一章　緒論

隨著科技、交通的日益發達與便捷人們生活方式改變了，從過去農業時代悠閒的慢活轉為工業時代以速度取勝的快活，什麼事都求快，連閱報也要求小而美以符合快速原則。近年來，油、電雙漲人們生活成本大幅提高，老百姓深感居家不易，許多原以自用車代步通勤的上班族或上學的學生，紛紛改以搭乘大眾運輸系統以節省支出。這些通勤族在通勤的過程裡、為了打發時間多以閱讀為主，以致各式報刊雜誌皆以此市場為爭奪要地。報業經營者嗅到契機，以短小輕薄為導向在傳統之大型報外另發行小型報，小型報除了方便攜帶，也縮短閱報時間。台灣小型報的發行量就屬台北捷運公司發行的贈閱報 Upaper 最大，Upaper 每周一至周五發行，每天發行約十八萬份，上午六時卅分前準時上架，共四十八個版的內容，除了時事要聞外，還包括台北都會的生活資訊、吃喝玩樂等訊息。逢周五發行的 Upaper 還特別增加出遊、追星、看屋、買菜等實用性資訊可作為周休假日出門的參考，Upaper 與每天高達一百二十萬的搭乘人次產生密切關係。根據最新之二〇〇八年版東方消費者行銷資料庫顯示，在「昨日看過的報紙（複選）」的指標中，居住在大台北基隆都會區的讀者對「爽報」閱報率約 2.2%，對「Upaper」閱報率也高達 1.3%。目前除了自由時報和聯合報等大報，在週末報紙內會夾免費的小型報外；捷運族也有免費的 Upaper 和爽報可閱讀。台灣報紙內容的蘋果化（模仿蘋果日報模式）和英國報紙開本的小型化，都是全球報業小報化浪潮的一環；小型報的內容安排屬於軟性之消費娛樂新聞，若要吸引讀者的注意，首要的課題就必須在版面的編排設計上下功夫，才能真正出版適合讀者閱讀的報紙。

第一節　研究背景

近年來世界各地的報紙在形式上有了重大的變化，報紙的開本改變在歐美掀起風潮，美國版面設計名家賈西亞（Mario Garcia）預測說：「在二十年內，所有報紙都將瘦身成為小型報」（Outing，2003）。

小型報彩色、圖像和話題性高的特質，被認為是迎合電視和網路世代的有效策略。（蘋果的滋味，2007）。然而這種全球性的現象，對於報紙的生態與價直有了不一樣的詮釋。

《蘋果日報》二〇〇三年加入台灣報業戰場後，報業競爭越來越激烈，對同業間彼此的生存造成極大威脅。台灣過去以三大報自居的幾份報紙，如《中國時報》、《自由時報》與《聯合報》，不論在版面、文字內容方面皆受到港資《蘋果日報》的影響進而改版，除了內容增加、全彩印刷、免費報等促銷手法，最後連競爭策略也不得不改變。

《蘋果日報》加入台灣市場對本土報紙的影響不在話下，本土報改版事件層出不窮。二〇〇四年《自由時報》針對報紙頁數從全數字改由針對內容分類 A、B、C……等版，對版面美觀性，編輯部大量招募新血，不外乎有迎戰的意味，二〇〇五年後陸續加印小報周末生活版。民生報首先加刊小報，國內報紙陸續跟進，《中國時報》也在二〇〇七年改由全彩印刷，而版面風格也全面大改版，《工商時報》風格在二〇〇八年四月由右翻改為左翻，更新氣象。一切都顯示目的定在增加市場佔有率。

《聯合報》、《中國時報》以增加新聞總則數、總頁數、照片數、圖表數、彩色印刷頁數來因應蘋果。顯示兩大報在某些項目上有逐漸向小報靠攏的趨勢。此現象也顯示台灣兩大報在形式上，的確漸漸「圖像化」。（張卉穎，2004）。

目前各大報社為了吸引通勤族讀者，紛紛加刊小型報紙，如《蘋果日報》的爽報、《聯合報》的 Upaper、《自由時報》的週末生活版等，在節省紙張用量成本及不影響內容量，也博得了更多廣告量。國內報業的競爭如火如荼，不得不跳脫以往的作風及提高生產質量與效能，並同時兼顧消費者的要求。

紙張成本方面，國內新聞紙仰賴進口，由於國際紙漿飆漲，較為低價的中國大陸新聞紙也不例外，漲幅創五年新高。（中央社，2008）。由於紙張、人力成本水漲船高，促使低價格策略越來越不可行，受到國際紙漿價格飆漲的影響除了提高售價之外，就得加強從非價格策略方面著手，亦即由印刷品質與形式上的創新，來提高產業競爭力，為行銷手法之一。

創新是專業報紙提升競爭力的根本，唯有創新才能增強其市場競爭力。（席玉虎，2006）。思維創新是專業報紙創新的前提。思維創新包括三個方面，其中在產品創新方面提到提升印刷質量。印刷質量直接影響到讀者的購買意向，另外，由於專業報紙大多有分印點，印刷標準不易統一，使一份報紙在不同地方出現了不同的印刷效果，影響了報紙的美譽。

報紙在讀者手中的第一印象，易受新聞內容標題或是聳動之圖片吸引，但是在閱讀過程中，會陸續受到因為印刷品質的不穩定，進而影響閱讀興趣或品質，長期下來會對經營者與消費者都失去信心。

再者時間和品質一直是報紙的致命傷，品質上的要求包含多種元素，包含紙張、網點、套色、色彩平衡等多種因素，尤其在小版報紙版面中，整體的視覺動向縮小，各項條件的品質失誤都會很明顯，例如色彩的評定須更為要求，反白字或圖片的套色必須要更為精準與穩定，所以品質的提升的確勢在必行。

二〇〇三年五月，蘋果日報來台灣創刊，當時除了在街頭上贈送蘋果的噱頭外，也以聳動的社會新聞、圖像化的編排手法、全彩的印刷，以及大手筆的廣告行銷引起矚目。在短短的幾個月內，發行量上衝四十萬份，威脅了台灣的自由時報、中國時報、聯合報等三大報的龍頭地位。同年的九月，在英國的獨立報也突出奇招，同時出版大小兩個版本，大版本和台灣三大報一樣碩大，繼續服務傳統讀者；小版本則和台灣國語日報一樣苗條，爭取年輕讀者，結果發行量激增35%；兩個月後，泰晤士報跟進，增出小開本報紙（陳冰，2003）。一場報紙開本的革命，在歐美掀起風潮，美國版面設計名家賈西亞（Mario Garcia）預測說：「在二十年內，所有報紙都將瘦身成為小型報」（Outing，2003）。由於交通的便捷和報業生態的轉變，因此，二〇〇三年對台灣和歐美報業來說是掀起小報化（Tabloidization）浪潮的一年。

在多元化的媒體競爭下，為了提供讀者一份現代化的報紙，報社必需要不斷的創新；新科技的發達，使得閱報率逐年下滑，更有快速下降的趨勢。在台灣，小型報發行量最大的就屬台北捷運公司所發行的捷運報，其主要閱報對象設定為十六到三十五歲的學生與上班族，同時，因為捷運族近七成是女性，所以內容規劃以女性關心的軟性議題為主，包括捷運沿線吃喝玩樂、都市感情生活等。因此，小型報除了鎖定精準的內容外，透過更適合時代需求的小型報行銷方式顯得日趨重要。

報紙除了新聞內容要符合讀者所需外，「版面的編排設計」是報紙在競爭激烈的環境中，一項重要的行銷策略。好的版面設計，是在第一時間吸引讀者的關鍵。現代報紙版面設計，以視覺元素為導向，重視標題、字體的表現和易讀性，對於字體大小、字距、欄位、色彩和圖片等也是報社編輯注視的元素，透過多種的視覺元素才能打造出適合讀者的現代化版面，也創造新的版面美學。此外，報紙的易讀易翻，會讓新聞呈現更有系統，讀者即使讀全版新聞也不感到疲憊。

第二節　研究動機

二○○七年二月尼爾森媒體新知的報導內容提到，雖然免費報的發行通路與目標可以相當多元，但仍以捷運場域與捷運通勤人口為最主要的發行通路與對象，所以，在全球各城市，免費報也往往幾乎和捷運報畫上等號，在台灣亦有著同樣的發展特性。以尼爾森 Media Index 調查數據來看，大台北地區過去七天看過免費報的人口中，有高達 71.9%使用捷運做為通勤工具。究其原因，通勤等待與移動的過程，醞釀了乘客閱讀資訊來打發時間的需求，而捷運系統的平穩性與舒適性，則為文字的閱讀提供了一個相對良好的使用環境。

由於讀者閱報的時間逐漸減少，影視媒體的活動力越來越強，報紙所傳達的訊息將不再是「文字獨大、視覺偏廢」的思考方式。小型報的內容編排主要是以娛樂新聞為主，且大部分的內容皆來自母報，因此如何在短時間內讓讀者輕鬆的讀完報紙，其視覺上的編排和版面動線的引導是非常重要的，本研究的動機在於找出適合讀者閱讀的版面編排方式。

現在報業經營的型態以讀者為導向；把報紙當成一種生意，要賺取利益，就必須將報紙賣給更多的讀者；因此，可攜式的小型報變成未來出版業的新趨勢。在競爭激烈的環境下，為維持廣告商收入，報業發行人開始對讀者的需求做調整；國內報紙在做版面設計的變化時，並未進行讀者經過閱讀報紙後，針對新聞內容加以測試的實驗設計，多半是做探討讀者針對版面喜好程度的研究。一個好的版面不但版面設計要能抓住讀者的目光外，更重要的是對於新聞內容是否能理解，才能真正的將文章內容在短時間內閱讀完畢，並且詳加了解。

文字的編排方式，在視覺傳達上，其字體型態、級數大小、筆劃粗細及字距、行距等諸多問題，均會影響版面的易讀性、舒適度及整體的美感。因此，何謂好的版面設計？讀者是否能接受訊息詳加理解？對於這方面的研究是較缺乏的，也較少文獻針對讀者層面來探討。透過針對讀者的實驗設計方式，期能求得最佳化的報紙版面編排形式。

第三節　研究目的

在台灣捷運族群高度偏向女性及年輕的特質，彼等閱報內容以軟性新聞資訊的需求為主，因此須在了解內容的需求後，找出適合目標族群的小型報。另外，在二〇〇七年二月尼爾森媒體新知的報導內容提到，由於多數捷運通勤族停留在捷運系統內的時間並不長，如何透過版面與內容的編排設計，提供良好視覺化設計，讓讀者在有限的時間內，以最有效率、最輕鬆愉悅的方式完成資訊的閱讀便成為一項相當重要的人因工學的課題，這和傳統報紙強調報導內容的深入度與完整度是一個相當不一樣的編輯取向，不僅考驗著內容的品質，也考驗著美編專業能否掌握讀者閱讀動態過程的心理與認知。

本研究蒐集國內外有關小型報版面編排和視覺設計之文獻，了解其版面組成的要素和編排原則，並進行電腦排版的工作，設計出十二種不同的版面編排設計形式，其主要目的如下：

一、探討報紙的基本組成要素及版面編排形式。

二、探討台灣當前小型報的編排狀況。

三、找出小型報字體、字級及欄位等版面編排的最佳組合。

四、綜合以上結果，對業者提出適宜的報紙版面編排建議。

第四節　研究問題

本研究目的為了解不同的版面編排模式對受測者會產生不同的閱讀效益，期望透過研究進而發展出適合小型報的編排方式，作法為操控不同之自變項以觀察因變項所產生的結果。依據上節之研究目的所發展出來的研究問題可分為兩個階段來探討：

第一階段：採質化的研究方式，其研究問題如下：

（一）媒體對小型報的評價為何？

（二）各家報社目前對小型報的編排做法為何？

第二階段：採量化的研究方式，其研究問題如下：

（一）報紙版面採用不同的欄數，對讀者閱讀效能是否有影響？

（二）報紙版面採用不同的字體，對讀者閱讀效能是否有影響？

（三）報紙版面採用不同的字級，對讀者閱讀效能是否有影響？

（四）報紙版面採用不同的欄數和字體，對讀者閱讀效能是否有影響？

（五）報紙版面採用不同的欄數和字級，對讀者閱讀效能是否有影響？

（六）報紙版面採用不同的字體和字級，對讀者閱讀效能是否有影響？

（七）報紙版面採用不同的欄數、字體和字級，對讀者閱讀效能是否有影響？

第五節　研究假設

根據上述之研究動機、目的與問題，本研究提出以下假設：

H1：欄位數的變化對於受測者之閱讀效能無顯著的差異。

H2：字體形狀的變化對於受測者之閱讀效能無顯著的差異。

H3：字級大小的變化對於受測者之閱讀效能無顯著的差異。

H4：欄位和字體的變化對於受測者之閱讀效能無顯著的差異。

H5：欄位和字級的變化對於受測者之閱讀效能無顯著的差異。

H6：字體和字級的變化對於受測者之閱讀效能無顯著的差異。

H7：欄位、字體和字級的變化對於受測者之閱讀效能無顯著的差異。

第六節　研究範圍與對象

根據尼爾森 Life Index 調查結果顯示，目前在大台北地區捷運人口規模約有 114 萬人，占大台北區域總人口的四分之一強。而以其人口輪廓來看，在性別上以女性為主，占了 62.6%，在年齡分佈上，則以 29 歲以下占 49.8%，工作者占 47.1%為最多，學生則有 33.2%（尼爾森媒體新知，2007）。

根據尼爾森 Media Index 調查結果，以讀者對其最常閱讀報紙中通常會閱讀的資訊內容來看，捷運族群的版面閱讀偏好以影劇娛樂版為最高，達 55.8%，其次是社會新聞的 45.1%、地方新聞則有 40.6%、生活消費流行時尚則有 32.5%，顯示了捷運族群對於較輕鬆資訊的閱讀需求偏好（尼爾森媒體新知，2007）。因此，本實驗在挑選版面新聞內容時亦以軟性娛樂新聞為主，在編排的過程中，引用捷運報的新聞內容，再加以重新排版。

本研究為一實驗性質的研究，藉由版面編排的控制，測試讀者的閱讀效能。另外，由於學生族群佔了捷運人口三成以上，為了方便取樣以達到實驗的結果能符合外在效度，主要是以一般大學生作為小型報版面的測試對象，其研究範圍有以下三點：

一、目前小型報的使用相當廣泛，本研究以目前當紅的捷運報和爽報作為參考對象，列入編排設計的依據。

二、藉由不同的電腦排版版面，測試大學生的閱讀效能，找尋出最適合小型報的字體、字級和欄位編排模式。

三、經由實驗設計的結果，可從十二組測試版面中，找出適合小型報編排的最佳組合。

第七節　研究流程

在研究流程上，首先與各報社編輯進行訪談，在訪談過程中尋求報紙的編排方式、手法和技巧等。其次利用電腦排版的方式進行實驗設計，接著進行第三步驟的讀者測試，探討不同版面的編排方式是否會影響讀者的需求及閱讀效果。最後，由問卷測試結果得知讀者對新聞內容認知效果上的影響。以下為研究流程表：

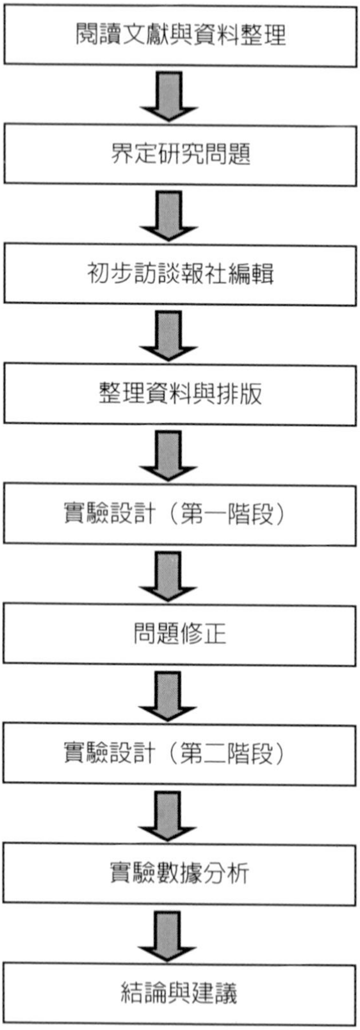
閱讀文獻與資料整理
界定研究問題
初步訪談報社編輯
整理資料與排版
實驗設計（第一階段）
問題修正
實驗設計（第二階段）
實驗數據分析
結論與建議

圖 1-8-1　研究流程

第八節　名詞釋義

1. 小型報（Tabloid）

小型報又稱之為「四開報」，全球第一家最具規模的小型報紙發行，須回溯至北巖勳爵（Lord Northcliffe）在 1896 年 5 月 4 日所率先發行的每日郵報(Daily Mail)，該報因篇幅只有一般報紙(寬 60 吋，長 24 吋）印刷紙張尺寸的一半，尺寸約為寬 30 吋，長 24 吋，印刷完成並作對摺後，上下較長，左右狹窄。

Fugitive ex-Hsinchu Council speaker returns

第二章　文獻探討

報紙版面設計從「純文字」階段至「文字為主；照片為輔」階段，演變到現今的「圖文並重」，電腦科技雖然助長版面圖文並重的設計趨勢，但學術研究很少從讀者是否有效接受這些設計的角度印證；雖然實務界認為這些設計是有效的傳播，但在了解讀者的閱讀效能研究方面卻是空白的。

因此，文獻探討將先探討有關引起讀者注意和讀者反應的視覺設計，其中包括了版面的編排所須注意的條件，再從版面的整體結構的概念，了解讀者如何閱讀整個版面。之後，再由版面設計要注意的「視覺化元素」中，整理出讀者接收最有關聯的視覺化要素。

第一節　小型報簡介

小報化在目前已成為事實，也可以說是流行趨勢，小報（Tabloid）一詞源自刻寫版（Tablet），原意是指篇幅為大型報紙一半的小開本報紙。另外（Broadloid）這個新詞由（Broadsheet 大報）和（Tabloid 小報）兩詞合併而成，英文詞典上還未收錄，但在西方尤其英國的傳媒界卻很流行。（Broadloid）可以翻譯為小型大報。（林暉，2005）。

小型報最早流行於倫敦，特指在有軌電車上閱讀方便的微型報紙，四開小報至今已有一百多年的歷史。一九〇三年所創辦的《每日鏡報》被視為是世界上最早完型的小報，它之所以被稱為小報，是因為其版面小，它只是傳統報紙版面的一半，即四分之一開大小，一九一九年紐約創辦的《每日圖片報》則是北美的第一份小報。

英國「最廣泛視野」的《獨立報》在面臨生存威脅時，於二〇〇三年九月突出奇招，同時出版大小兩個版本，大版本和台灣三大報一樣碩大，服務傳統讀者，小版本和台灣國語日報一樣苗條，爭取年輕讀者，發行量居然增加了 35%，結果 90%的讀者選擇小開張，到二〇〇四年五月，發行量連升九個月，同比增長 20%。從二〇〇四年五月開始，《獨立報》全部改為 4 開版。之後，《泰晤士報》迅速跟進，英國發行量最大的大報《每日電訊報》立即以「不排除出版小報」來回應。（陳冰，2003）。

小報的發達並不是英國特有的現象，而是一種全球性的現象。二〇〇三年，對台灣和歐美報業來說，也是小報化（Tabloidization）浪潮風起雲湧的一年。而小報彩色、圖像和話題性高的特質，被認為是迎合電視和網路世代的有效策略。（蘋果的滋味，2007）。

在這一場報紙開本革命，在歐美掀起風潮的同時，美國版面設計名家賈西亞（Mario Garcia）說：「在二十年內，所有的報紙都會是小型報」。（Outing，2003）。

一九七六年九月，美國發行量最大的報紙《紐約時報》將堅持了 63 年的 8 欄改為 6 欄，當時的《紐約時報》發行人蘇茲貝格稱：一是為了便於讀者閱讀，二是降低生產成本。（魏軼群，2007）。

二○○四年六月，在土耳其伊斯坦堡召開的世界報協的年會上，英國著名的嚴肅報紙《獨立報》總編輯凱乃爾根據調查報告預測：到二○一○年，全球的所有報紙都將變成小報型，這一論斷得到與會的許多國際主要報紙負責人的認同，（李鵬，2005）。

德國學人、《媒體》雜誌主編米爾茨指出，數百年不變的大報形式也是令讀者疏離報紙的一個重要原因。因為對於每天行色匆匆穿行在擁擠的地下鐵和各種公共交通工具的人來說，對開大報已經不合時宜了，他們沒有足夠的空間來展讀這類報紙，也沒有足夠的時間和心情來消化報紙上的各種威權觀點和理性分析。

對開的大報有大氣的優點，但是對開大報翻閱困難，四開的小報無論在路途中、車廂裡，還是沙發上，人們方便閱讀、快速閱讀、輕鬆閱讀。特別是在厚報化和「讀圖時代」，四開型小報的頭版較整張報紙的導讀更方便、簡潔，增加視覺衝擊力。（魏軼群，2007）。

看看北京地鐵報。北京報業競爭環境激烈，幾家發行量在三十萬份上下的報紙都瀕臨虧損邊緣。《北京娛樂信報》開發出屬於自己的藍海，二○○七年十一月二七日起轉型為北京第一家地鐵報。目前免費派出的報份僅試投七萬份，一個月後將逐步朝向三十萬份邁進。（晉雅芬，2007）。

《北京娛樂信報》每周一至周五出版，例假日休刊，每日 16 至 32 版（八開），轉型後的信報將大大壓縮綜合新聞和熱線新聞，並將報紙的前 8 個版改為「速讀天下」，把重大新聞通過分類簡要地告訴讀者。「一個版的新聞條數控制在十二三條，採用比一般報紙大一號的五號字進行排版，方便讀者在地鐵這個空間裡迅速瀏覽，目的只是要讓讀者在上班途中知道國內外及北京市要聞，和財經領域有哪些大事，讀者如果需要獲得進一步的資訊，就得到辦公室上網或看報。

這創舉不僅結束了北京作為國內城市軌道交通最發達的城市沒有地鐵報的歷史，也填補了北京報紙品類的一項空白。此外，奧運專版也是信報的主打內容之一。而隨著奧運的臨近，迄方面的內容也將逐漸加大。(彭志平，2007)。北京娛樂信報社社長畢昆表示，預計轉型後的第一年將是報紙的培育期，到二〇〇九年報紙將有望實現收支平衡。

一、小型報的特色

Tabloid 小型報這個英文字，是出於英國一家製藥廠的產品商標，該廠商曾將 Tabloid 註冊專利。在法文中的 Tabloid 和 Tablet 同屬一個意義，原本是指植物的子囊，後來轉為用於藥物的鎮定劑，意味著形狀雖小，卻有滋養的功效。據文獻所述，北巖勳爵在別人問及每日郵報（Daily Mail）的發行時，脫口而出，後來就變成小型報紙的代名詞（英漢大眾傳播辭典，1983）。

北巖勳爵在發行每日郵報（Daily Mail）時，小型報紙出現了四項特色：

1. **報導平易化**：他指出報社的工作人員邁向「解釋、簡化、清晰可讀！」的報導方向，對於政治、外交、金融、經濟等晦澀深奧的內容，以圖表予以簡化，並在導言後，隨即提出與上一段報導相關聯的線索。
2. **大量運用圖片**：北巖勳爵在發行每日郵報（Daily Mail）時，在報頭右邊的欄塊（ears）上看出了一句話：「忙人的日報」，他意味到服務的讀者已經不是當年的知識份子，而是一般民眾，在忙碌的生活中，輕鬆的閱讀習慣已經一去不返，閱報的方式將由快速的瀏覽所取代。
3. **視公衆服務為責任**：北巖勳爵認為，每日郵報（Daily Mail）的創刊，是新報業的開端，報紙的立場應機動的獨立於各黨派之外，公眾服務（Public Service）才是首要的服務目標。
4. **撙節經營成本**：每日郵報（Daily Mail）創刊之初，使用了三台輪轉機，在一篇評論中他宣稱，「新機器的應用，節省了一半的成本，每日郵報的售價，也只有其他報紙的一半」（李瞻，1994）。

正如北巖勳爵所預言，小型報紙在 20 世紀成為全球報業的流行風潮，但是後來繼起的小型報紙競相以「黃色新聞」提味，作為提升報份的手段，20 年代的新聞學傳播學者們稱之為臭水溝報業（gutter journalism），1919 年 6 月 26 日紐約的每日新聞創刊，這家以「黃色新聞」號召，由芝加哥論壇報名義發行的報紙，不到三年就有四十萬份的發行量，1926 年發行量，突破百萬份，經常名列美國十大報名（top ten）中。不過，「小型報」的銷售量在 30 年代後，數量即未再顯著增加。

相隔七、八十年後，辦「小型報」雖然已經不如昔日熱門，但是在倫敦還有不少家「小型報」相互競爭，潑辣的報導威力不減當年，他們積極揭發白金漢宮的隱事祕聞。

回顧上世紀末，約在 1995 年開始，「捷運報」的熱潮興起，帶動了另一股「小型報的風潮」，只是這一波的「小型報」著重在廣告及商業，與「黃色新聞」號召的「小型報」，可以說是涇渭分明，「捷運報」夾帶的全新報業經營策略，這一股趨勢新流風，已經宣告「小型報」以雷霆萬鈞是重新再起。

二、小型報的市場特質

現代人隨著生活步調變快，可以花 1 個小時以上的時間詳細閱讀報紙並不容易，為了因應現代人生活型態的轉變，目前發行量最大的小型報，就屬小型報為冠。蘋果日報及聯合報相繼推出爽報以及 Upaper，搶攻捷運市場來相互較勁。由於小型的捷運報有以下特質，因此深受市場年輕族群的青睞。

（一）市場區隔不同　付費報暫未受影響

爽報推出五個月後，蘋果日報銷售量不僅未減，反而小幅上揚，因為捷運免費報的市場區隔不同，因此，對於付費的蘋果日報和聯合報銷售量並沒有直接影響。

然而隨著免費報的出現，付費報紙還是要做調整，報社必須要讓讀者保有著一份看完免費報，還想要掏錢去買份付費報的心，否則之後的惡性循環終將來臨。

（二）捷運報是免費的　但不廉價

近幾年來，由於科技進步，網路傳播的效率驚人，在媒體擠壓的狀況下，好幾家報社紛紛宣佈停止營業。年輕人不看傳統報紙的趨勢全球皆然，更別提平面上的分類廣告與網際網路上的資訊簡直無能相比。雖然說捷運報是免費提供大家閱讀的，但是捷運報紙的印刷品質的確相當精緻，在堅持高品質的同時，背後所付出的價碼相當驚人。在未來報業的存活就看報社能不能堅持高品質的印刷品質，甚至是優質的報導內容，並且採用更創新更商業的手段來提昇閱報率，否則免費報即使免費，還是沒有固定的目標市場。

（三）內容精緻多元　分眾為主

在 2007 年廣告與新媒體時代高峰論壇座談「媒體趨勢」指出，現代是數位時代，媒體劇烈變革，平面媒體就面臨轉型數位化的階段，媒體趨勢對廣告造成極大衝擊，經營傳統媒體的行業如何把消費者找回來是一大課題。

文化大學廣告系教授陳燕玲指出，Upaper 以高價拿下大台北捷運站內的獨家通路經營權，成為唯一站內發送的捷運報，也是透過這類新興媒體不斷搶食廣告，以建立區域商機。另外，文化大學廣告系教授羅文坤也提到，傳播生態與媒體環境的劇烈變革已發展出「快、參、分、多、精」的概念，也就是快捷、參與、分眾、多元、精彩這五項。因此，當今的捷運小型報應有這五項特質，才能在市場上獲得立基點。

三、國內小型報目前狀況和未來發展

近年來，多家報業媒體因經營不善而停刊；電視的普及和網路的興起，新時代的讀者喜歡速食資訊，報紙要爭取他們的青睞，勢必要吸取電視和網路的特質。目前小型報發行量最大的就屬台北捷運公司和聯合報所簽署發行的 Upaper。2006 年 12 月，聯合報系以一億四千零八萬元高價，拿下大台北捷運站內的獨家通路經營權，看好台北捷運族約有 120 萬的人口流通，Upaper 因此成為大台北捷運站內，唯一合法發行的報紙。而 Upaper 與爽報的捷運報大戰，也於 2007 年正式登場。爽報總監李月華指出，每月平均發行量約為 16 萬 5 千份，但其中的 1 萬 5 千份則到台中發放。Upaper 部分，Upaper 營運長羅國俊透露，目前每日發行量為 18 萬份，但其實發行量也是有彈性的，彈性值約在 15 萬至 18 萬份之間，假如當天報紙索取完的時間較早，隔日就可能會提高發行量，此外，也會在取閱量更高的捷運站，擺放較多份的 Upaper；Upaper 營運長羅國俊強調，雖然發行量為 18 萬份，但實際取閱量更高，預估回收一成，所以實際取閱量約為 20 萬份（朱育達，2007）。

為搶攻通勤族的捷運報市場，Upaper 以豐富的內容吸引通勤族的注意。過去捷運報的種類繁多，包括之前的可樂報、台北捷運報、中國都會報、民眾捷運報等十多種報種，許多發行量小的捷運報，因為經營不善而收刊，或者是部分轉為期刊和雜誌來發行，真正辦報成功的機乎沒有。不過隨著捷運的開通，捷運族群已經越來越多，捷運人次越趨穩定，捷運報的未來商機市場，應該就會越來越大。

此外，方便攜帶的小型報，也越來越受到讀者的歡迎，繼自由時報透過夾報的方式，打開週末生活版的小型報市場後，聯合報也跟著推出大報夾小報的週末生活報；報社陸陸續續開始推出小型報來搶奪市場，就是看準小型報方便性的特質受到大眾的喜好。其實常搭捷運的民眾會發現，免費的捷運報是各大報社的另一種戰場，搭捷運的族群從一早上班，站內走到站外，手上至少可以拿到二份以上的免費報。目前的中時、自由、聯合和蘋果等四大家報社，為了搶奪平面媒體的市場，報紙已經改成大報包小報的模式，鎖定食衣住行的話題，還提供折價券的優惠，主打年輕族群，強調在地生活的感覺。報社推出免費小型報的策略，不計成本想要貼近大眾的生活，不外乎就是先穩固其市場佔有率後，再逐漸提升其閱報率。

目前小型報具色彩、圖像、和話題性的特質，這種小報蘋果化的趨勢，被認為是迎合電視和網路時代的有效策略。報社為了穩固閱報率，小型報也開始重視報紙的版面設計，多彩多姿的圖片運用和排列，甚至在頭版都以編排軟性的新聞來娛樂讀者，不但提升讀者的閱報意願，也替捷運報增添創意和活力。在報業競爭激烈的環境下，除了新聞內容的選取要符合讀者的口味，在版面設計上也要抓住讀者的視覺動線，才有機會帶動整體報業的新契機。

第二節　版面的設計原則

在版面的設計原則方面，由林宜箴（2001）頭版設計與年輕讀者閱報效應之研究中提到，心理學者張春興（1998）指出，一個知覺正常的人受到環境中千萬刺激，大部分皆視而不見，聽而不聞，而獨對某些刺激加以注意，乃是受兩類因素的影響：其中之一為訊號內在的或功能上的因素（internal or functional factors），這和訊號所代表的內容有關，假使訊號所傳遞的訊息內容恰好符合讀者的動機或期待等所謂「興趣」的話，會引起他的注意。

另外，林宜箴也指出，國外學者如 Morgan（1966）、Garcia（1993）、和國內學者徐佳士（1973）、張覺明（1980）、柳閩生（1987）、蔡頌德（1993）、丘永福（1995）等都提出吸引讀者注意的版面設計原則：強度和幅度、對比、比例、統一、對稱、韻律、這些原則多半是編輯實務的經驗法則，但也綜合視覺心理和美學設計的學理基礎，有關其內容轉載自林宜箴（2001）所整理的版面設計和版面設計相關研究，由以下版面設計及版面結構分述之。

一、版面設計

版面各單元及整體版面的設計系列簡單可分為：1.強度和幅度 2.對比 3.比例 4.統一 5.對稱 6.韻律，簡要說明如後：

（一）強度和幅度

越大或越搶眼的圖像或文字，在版面上都容易引起注意，尤其對於一種新的或是不熟的事物，強度與幅度的因素更為重要。因此，在環境中，最大、最顯眼的事物，將都獲得注意（Morgan, 1966）。

（二）對比

在「對比」方面，柳閩生（1987）提到，將色彩、性質、個性、質感、造型互異的東西，放在同一個空間內，藉由比較產生不同的美感，稱之為「對比」。在版面設計上，像大標題配以內文細小的字體、密密麻麻的文字邊留一些空白、黑色版面中的一部分套一種顏色、不同大小的照片放在同一版面上，皆是對比原則的運用。

徐佳士（1973）也認為，對比因素都可以作為加強報紙版面吸引力的指導原則。具體地說，報紙大標題和粗字體都是訊號強度與幅度的運用。主文較細小的字體配大標題，可形成對比。

（三）比例

是指在同一結構之內，部份與部份，或部份與整體之間的數值比。若良好的比例用運在報紙版面構成上，必能有效引導讀者的視線，版面設計中的比例關係為黃金比例，長寬比為 1：1.618，所以照片不宜呈現正方形。在做圖文編輯時也要有比例的數據概念（丘永福，1995）。除了型態的比例之外，塊狀組版形成「新聞塊狀」的面積比例亦要盡量成黃金比例，或以矩形為主。

（四）統一

完整的佈局必須表現它不僅是一組素材，而且是一個統一的整體。版面的統一乃是由形象、色彩、線條、明暗、大小、強度、集結、群化、輻射、位置產生，將版面要素在不同版面做適度的整理與統合（張覺明，1980）。

因此，統一是一份報紙各版的版面整體感與企劃目標配合下所做的連貫表現，在版面的設計上，像是採用標準的內文字體、字級與固定的標題字體，或是固定粗細的線條、字距、行距等，皆是統一的表現。

（五）對稱

可分為對稱均衡和非對稱均衡兩種。報紙版面設計多採用非對稱的形式居多，形成動態的閱讀方式。非對稱均衡則是指兩端非等量的對等關係，在版面互相的對應關係上，利用文字、圖版、色彩、留白、紋理、比例等版面要素，使版面獲得平衡的感覺（蔡頌德，1993）。

（六）韻律

在版面上，韻律是把素材反覆重疊錯綜變化的安排，使具有周期性的一種複雜而又有秩序的結構或運動。韻律包含反覆與漸變兩種形式。前者是指同一物以某種間隔重複出現；後者則是在版面構成中，將構成元素由大而小、濃而淡、疏而密、粗而細，依一定的比例做漸進式的變化，使版面產生律動的感覺（蔡頌德，1993）。

前三者是版面各單元的處理原則，統一、對稱、韻律則是整體版面結構的重要原則。

二、版面結構

任何一個版面像一動建築一樣，有其基本結構。Garcia（1993）認為版面結構的目的有二：1.使讀者有興趣且容易閱讀（user-friendly），因此，版面必須以一種有秩序、清晰、整潔的方式呈現所有素材。2.必須引導讀者閱讀。

為了達到上述的目的，版面結構必須設計視覺動線和視覺震撼中心已引導讀者（Arnold，1969；Garcia，1993；柳閩生，1987），以下探討之。

（一）視覺動線（Eye movement）

視覺動線是指讀者閱讀時視覺經過版面的路線，成為引導讀者閱讀版面的線索路徑（Garcia, 1993）。相關文獻對讀者在直排或橫排版面之視覺動線的看法整理如下：

1. 橫排版面：當我們閱讀西文或橫排的版面時，由於席關性的閱讀經驗是從左上角起，因此，左上角稱之為主要視覺區（primary optical area）；也由於習慣於右下角結束閱讀，因此，右下角稱之為「終端區」，而眼睛從左上角到右下角這個閱讀路徑，即稱之為閱讀動線（reading diagonal）。由於讀者對橫排版面之視覺習慣乃是自左而右，右從上而下，故版面的視覺動線成「反 S 型」；若將版面等分為四個視覺區，齊注意率依次應為左上、右上、左下、右下（Amold, 1969）。

2. 由於中、西文編排方式不同，閱讀中文直排的版面時，主要視覺區起始於右上角，採取自上而下，從右向左的閱讀流向，視覺動線成「N 字型」之逆向移動。此版面的四個視覺區的注意率的比重也與橫排有異，依次為右上、右下、左上、左下，而右上角為主要視覺區之所在（李杉峰，1989）。

（二）視覺震撼中心（Center of visual Impact）

以「主要視覺區」創造視覺動線的說法，線以逐漸受到挑戰。許多研究發現，人拿到報紙可能從報紙的任何一部份讀起，因此，編輯必須引導讀者閱讀。而懂得創新的編輯，會試圖在版面上營造出一個或數個焦點，用來抓住讀者的視線，順著版面導引流程向下一個目標轉移，不斷改變版面關係，使讀者不自覺地看完編輯的主題意識（柳閩生，1987）。

而學者 Garcia（1993）也認為，由於報紙版面必須有序、有條理地呈現新聞事件，因此編輯可以透過焦點的建立，使讀者看來輕鬆便利。所謂建立視覺焦點，就是建立視覺震撼中心（Center of Visual Impact，簡稱 CVI）。透過視覺震撼中心，今日的編輯可以控制讀者的閱讀動線，而編輯創造 CVI 的方式，可以在版面上以照片、圖表、標題營造視覺焦點，最有效的手法有三：大標題、大照片、或整套新聞組合。CVI 建立閱讀動線的方法，主要是利用「由小至大」、「由大至小」的營造差對比所產生。

1. 由小至大：這種形式是把一份報紙版面中間折線下方作為視覺震撼中心，放置較大的照片、圖表或標題，而折線上方則放置較小的照片、圖表或標題，利用距離感和方向感，引導人們視線的移動。而這種形式的視覺震撼中心，可以放在折線下面的左方、中間或右方，同樣的，另一端點也可以在折線上面的左方、中間或右方（林宜箴，1991）。
2. 由大至小：和上述相反，把版面的折線的上方作為視覺震撼中心，置放較大的照片、圖表或標題，而版面下端則放置較小的照片、圖表或標題。相較之下，這種方式最能吸引讀者的眼光。同樣的，視覺震撼中心和另一端的位置並不固定，視覺真和中心可以放在折線上面的左方、中間或右方，同樣地，另一端點也可以在折線下面的左方、中間或右方（林宜箴，1991）。

第三節　報紙版面的視覺設計基礎

一、報紙設計的視覺化要素

林宜箴（2001）提到，報紙視覺元素處理方式主要有三：1. 新聞本身的篇幅，及新聞所占的空間，通常空間大表示新聞具重要性。2.標題大小：通常標題越大所占位置越顯著，也表示新聞越重要。3.使用照片、圖表等視覺元素配合。

輔仁大學新聞系講師陳順孝指出，版面的構成要素包含圖片、標題、內文、空白、線條等。其中，圖片包括照片、示意圖、新聞插畫，是讀者看報第一眼落下的地方；標題，包括新聞標題、專欄和評論的題目、專輯的標題與插畫等等，是新聞的索引、目錄；標題的題型、字體、在版面上的分布情況，影響版面美感；內文的字體、級數、字間行間，影響到版面的風貌，也影響到讀者閱讀時的舒適與否；然而，空白不空也不白，能凸顯照片和標題、增進閱讀舒適度；線條，具有分類、強調、美化的功能（1998 自由時報演講）。

林宜箴（2001）的研究指出，報紙版面編排的素材包括「圖像素材」和「文字素材」，文字素材屬於報紙新聞內容的部份。「圖像素材」即通稱的「視覺化元素」，包括「有圖像」的部份，即照片、資訊圖表，就編輯實務而言，亦包括其他影響版面視覺的設計元素，例如色彩、標題大小和標題題型的設計等。有關林宜箴對報紙版面設計的視覺化元素探討如下：

（一）照片

照片在視覺傳達上能幫助理解，效果比文字傳達更卓越；常有一些好新聞與特寫為充分發揮其效應，是因為缺少照片的配合。另外一些由通訊社電傳或資料供應社供應的次級的、浪費版面的照片，則又常常受到超乎其所值的重用。如果一張精采的照片，應該做精采的運用，正如一則大新聞要做大標題。如果照片是新聞的重要部份，必要時編輯寧願刪減文字稿，提供版面給照片。有些事情的報導，照片是優於文字的；有些本來即以圖表為主，用不著多作文字說明（薛心鎔譯，1987）。

報紙所採用的照片的類型大約有以下類型：1.人頭照：單一新聞人物的照片，沒有其他人物出現，主要的目的是讓閱讀者知道新聞人物的長相，而不是藉著一張照片來說明一則新聞事件的現場。2.特寫：可以是一個新聞人物或人數不多的新聞主角的近距離照片，主要捕捉新聞人物的表情與動作，藉以突顯新聞的重要性。3.中景：所謂的中景並不是全景，也非特寫，是平面媒體最實用也最具傳播效果的照片，因為中景的空間不需要太大，能包含的訊息也不少，可以發會「選擇性觀點」，尤其是視覺觀點的大作用，同時亦可把它主照片放大後又具有特寫的強度。4.全景新聞現場的遠距離照片，需要大空間才會出現細節，希望藉由大致涵蓋現場的照片，將畫面呈現出來讓讀者了解整個新聞事件（Garcia，1993；陳萬達，2001）。

羅文輝（1991）指出，新聞照片的選擇原則是：1.照片具有相當的視覺震撼力，在處理時需要經過篩選、構思、剪裁。2.如果能用一張照片表達一個故事，最好不要用第二張。3.注意照片說明，讓讀者明白照片所代表的新聞意義。

版面以照片製造視覺焦點的方式有三：1.一張醒目的照片：以一張大照片為主，以形成焦點。2.套裝設計：以一種組合式的編輯技巧，將原本不搶眼的照片、新聞、圖表或相關特稿，適度地搭配，形成一個整體，達到創造視覺震撼中心（Center of Visual Impact，簡稱 CVI）與增加吸引力的效果。3.強調對比：形成對比方法，有「由大到小」和「由小到大」兩種方式設計報紙版面，即依視覺震撼中心的位置決定照片大小（羅文輝，1991）。

無論如何，照片在報紙版面上的比重逐漸加大，現已成為版面的重要組成部分。照片不再只是點綴版面的舊觀點，照片已列居於與文字並重的地位，是形成視覺強勢的佼佼者，成為版面上最活潑、最強而有力的因素之一，承載著提供獨具特色的信息和美化版面的兩大功能。

由上述探討可發現，在版面構成中，照片具有幾項功能：一、吸引許多讀者的注意，當許多報紙同時陳列在架上販售時，如果版面上在上一張吸引人的照片容易顯得突出而獲得讀者青睞；二、美化版面的功能，照片、插圖與色彩的運用，使得版面可以有更活潑且可隨意變化的空間；三、說明版面內容之使命，一張好的照片勝過千言萬語，好的照片本身就具有說明功能，甚至更勝於文字的說明。

（二）標題

新聞標題有幫助讀者閱報的引導作用，可以把新聞的主要的焦點提示出來，得抓住讀者在版面上來回的目光，除了使讀者產生閱讀的慾望和興趣，也可以美化版面。因此如果沒有標題的話，所造成的影響有：1.版面呈現勢必雜亂無章，沒有辦法引起讀者的注意，也沒有辦法讓讀者很快的找到所需要的新聞，2.從美觀上看來，在整片字海中，何處是重點？何處是弱點？哪裡是需要強化的地方也無法顯示出來，3.這義的處理方式，很容易在閱讀上帶給讀者壓力，所以標題的重要性位居第一（陳萬達，2001）。

標題是新聞的中心或重點，把新聞的主要內容和精粹部分提煉出來，引起讀者的興趣。標題的注意力比新聞內文高五倍，報紙的閱讀誘因 50%來自標題，能滿足讀者好奇、利益、需求的標題，閱讀率可能高達 75%（馬西屏，1998）。

Harrower（1998）提到撰寫標題時需注意標題要口語化、文字生動、使用現在式、避免贅字；而標題的功能在於摘要新聞重點、排列新聞重要次序、吸引讀者閱讀新聞內文和幫助編輯作業等。除了上述的功能外，陳萬達（2001）認為標題還有突顯報紙風格、美化版面組合的功用。

（三）色彩

自從蘋果日報進軍市場，色彩對於報紙的版面元素來說已日趨重要，一般而言，報紙的目的就是要讓讀者來讀取它的內容，而大多數的讀者一拿到報紙都是很快地在版面與版面之間做瀏覽，不會仔細地每頁都看，這時候，如果能有效地運用色彩的配置，那麼，無論新聞內文是否真吸引讀者，讀者都會對報紙版面多看一眼。

整體而言，色彩的變化是為了幫助瀏覽著快速的抓到整個版面的主題，有效的使用色彩是必要的。將主題文字使用特殊的顏色，如將標題的字型與字體做變化來吸引讀者增加閱讀性，對報紙來說色彩是不容忽視的一環。

色彩是版面視覺化的重要因素。報者運用色彩的組合規律與內文聯繫的手段，例如當文章、照片、圖表等元素形成組合報導時，在其後相關的景色彩代表這些元素是有關聯的一組。而色彩的運用不能毫無章法，除了將版面色彩互為關聯外，還要有報紙的主色調，才能避免僵化的色彩和諧，造成視覺疲勞。運用色彩的目的之一是為了通過色相對比來區分版面的層次，增加版面的活力，從而突出重點，豐富視覺表現力。而好的色彩組合可以讓讀者了解報紙的形象與地位。

Covert（1987）曾經提出，對於觀看者和設計者雙方認為何者是可以接受的單一主要色彩、兩個以上主要色彩、吸引人的色彩，看法頗為分歧，而這種分歧可能源於專業素養上的差異。因此，報紙在決定採用何種色彩配置時，美術編輯應多考慮未具一般讀者的喜好。

（四）表格

表格的重要性在於能很清楚明快地、有系統地讓讀者了解內文的所要傳達的資訊。小格多用於財經新聞，及需要有數字的新聞中。這樣的新聞，若以文字來敘述，可能會洋洋灑灑，讓讀者看完整則新聞，仍不能明白數字間的差異，但是若將這些數字製作成表格，差別就能輕易的比較出來。諸如，透過圓餅圖、長條圖的表格，讀者很快就能了解統籌分配款，而這些圖表的功能，都是文字敘述無法傳達的。因此，具有比較效果的表格設計，加上美術與色彩的調和，所塑造出的影像與概念，就能很清晰的印在讀者的腦海中，對於新聞的呈現有很大的正面意義（陳萬達，2001）。

「資訊圖像」泛指各種統計圖、表格、地圖或示意圖，結合數字，用途在將複雜的資訊以清楚簡單的方式呈現，國內報紙上出現的資訊圖像以「示意圖」和「統計圖」為多。「統計圖」多出現在和數字有關的新聞，例如經濟金融方面的報導；「示意圖」則用於描述事件的時空因素，通常用在火災、刑案、與重大意外事件的報導（Harrower, 1998）。

研究圖像的學者 Wainer（1984）曾指出，一幅好的圖像必須滿足三項標準：正確、清晰、美觀，其中以正確最為重要。在國內，資訊圖像主要是由美術編輯完成，美術編輯作圖的材料一部份來自消息來源提供的草圖，另一部份則出自於文字記者自行描繪。由於整個圖表產製過程中有若干問題，使得圖像的精確程度令人質疑（陳百齡，1995）。

二、版面設計的意涵

版面設計（Layout）是編輯作業上必須經過的一環，具有影響出版物訊息易讀及視覺表現的重要關鍵，「Layout」在中文釋義上有許多不同的翻譯詞，諸如：編排設計、版面設計、設計、編排等，為了能明確了解版面設計的意涵，以下從張世錩（1993）、董基宏（1993）、蔡佩蓉（1995）、王秀如（1996）、黃任鴻（1999）、陳書瑩（2000）、陳怡芳（2003）和葉國楝（2006）等人所著的過去文獻中，所整理出有關「Layout」的相關定義：

表 2-3-1　版面設計的相關定義

學者	年代	定義內容
何耀宗	1975	所謂的編排（Layout），就是視覺、編輯、設計、印刷等美術設計時，如何將文字、表格、照片、圖案、記號等平面造型的構成要素，給予視覺的整理與配置，使其成為具有最大訴求效果的構成技術。
王明嘉	1983	編排（Layout），就是平面設計的藍圖。簡單的說就是「在一定的空間（版面）內，表現指定的內容與各種基本要素，不只要給予有效的組織，而且也要達到要求的標準」。
虞舜華	1986	Layout 簡單的意義就是「在一定空間（版面）之內將文字、插圖、商標、記號等內容，給予視覺的整理與配置，而達到最高速求效果的標準」。
田中正明著 蘇守正譯	1988	Layout 就是配置、構成，是視覺傳達設計中最基本的技術，而且不光是一種技術，一定要能表達出造型性的感覺。視覺傳達中的編排設計，狹義的意義是指作為印刷技術的一環，在製作印刷品時，文字或圖片的配置，製作印刷稿的技術；廣義的意義則針對一定的目的，將所需的構成要素做心理性有效的配置，以提高美的效果為其任務。將文字、標記、插畫、照片等適切地作強弱、大小、摘出、排除、色調等處理，而且要將各種訊息做視覺性的統一，呈現給接受的人。
陳孝銘	1989	Layout 在於將畫面之構成元素，文字、圖飾、色彩予以視覺整理，使之易讀，並能達到畫面最佳之視覺美感效果。
林榮觀	1990	Lay-out 在廣告設計製作上，是把廣告的各項訊息要素（文字、圖形、色彩等）具體化，並以有效的佈局傳達，除了要達到視覺美感要求外，尚須有增進理解性的輔助功能。

由表 2-3-1 可知，所謂編排設計（Layout）是將構成版面的各個要素、包含文字、圖形、色彩和表格做適切的安排，除了增進版面的視覺美感外，還具有輔助整體版面理解性的功能。

第四節　版面編排設計的功能

版面編排設計的功能，簡言之，即是把各項設計要素（文字、圖形、色彩等），放在一版面內取得有效的佈局傳達，除了要達到視覺美感的要求外，尚須有增進閱讀理解性的輔助功能，進而清晰地將版面資訊傳達給讀者。本節將根據何耀宗（1975）、蘇世雄（1987）、張瀧升（1911）、林榮觀（1911）、張珀瑚（1993）等書所述，將版面設計功能綜合說明如下。

一、引起讀者的注意力

一本內容豐富的書籍，若缺乏組織性的版面編排設計，是難以贏取讀者的閱讀動機，故透過視覺誘導性的編排畫面，就比較容易引起讀者的注意力。

二、提昇視覺的引導力

閱讀的瀏覽引導，不論直式編排或橫式編排都具有所謂的「基本視覺區」（Primary Optica1 Area，簡稱 POA），即每一頁或每一頁的任何一部份獨立畫面都有 POA。看直式編排畫面時，會習慣的由右上角看起，再漸游移至左下角結束；看橫式編排畫面時，會自然的由左上看起，再漸移至右下角結束。而這由「基本視覺區」漸次的游移的過程，就是編排的引導力，而有秩序感及將各項畫面要素區分地位的編排，即可順暢的引導視線流動，令閱讀者詳讀內容。

三、增進易讀性與可讀性

無論內容說明文長短、文字大小，必須注意易看與好讀的視覺效果。故透過編排設計之版面，對內容說明文的字體、大小變化、行間、字距、行字數等，配合插圖作最適當的安排，以提昇閱讀與理解的良好效果，使讀者達到易讀、易懂、清楚之閱讀情境，不致感到壓迫與疲倦，並增進其可看性與訴求力。

四、建立版面的整體風格

透過統一性格調的編排設計，有助於視覺的統一感，讓讀者產生聯想性、記憶性及連貫印象；且建立書籍的整體風格後，使得該書可從其他相關書籍中脫穎而出。

五、產生具美感的印象

版面的美，在其勻稱與調和，書籍的版面的規劃乃是擷取所有可能運用到藝術法則來美化版面，讓讀者沈浸在美的視覺環境與氣氛中。

第五節　閱讀效益之探討

本節主要針對小型報版面易讀性作為研究方向，探討有助於文字訊息察覺之小型報編排，包含(一)各學者對易讀性的解釋；(二)字體、字號之研究；(三)每行文字長短的研究；(四)欄位變化的探討等四個部份來探討，詳述如下。

一、易讀性（Legibility）的意義

所謂的易讀性是指文章能合理的通順，且透過版面的安排，讀者能易於了解，有關易讀性的相關定義，從張世錩（1993）、董基宏（1993）、蔡佩蓉（1995）、王秀如（1996）、黃任鴻（1999）、陳書瑩（2000）、陳怡芳（2003）和葉國棟（2006）等人所著的過去文獻中，整理出易讀性相關的定義：

表 2-5-1　易讀性相關定義

學者	年代	定義內容
J.K.Burgoon M.Burgoon M.Wilkinson	1981	易讀性因素包含：簡單／複雜、容易／困難、輕鬆／沉重三項目。
Glynn	1985	內容組織可以透過文字用語與印刷體裁的信號系統使之更加明確，即講求增進閱讀速度而不降低閱讀理解程度。主要運用版面編排要素，如字體大小、種類、直橫排列方式、行距、字距、版面留白率等因素加以變化。

Rob Carter, Ben Day, Philp Megge	1985	構成一個有效的印刷字體，是由於良好溝通機能的敏銳字形辨別，及其他空間的關係組合而成。另外字體大小，行的長度及行距這三項之間的關係，主要取決於（空間）上的協調，適當調整這三項因素，可提高其易讀性。
柳閩生	1987	易讀性是讀得快、易於了解、美觀又不會產生疲勞，主要涉及編排方向、字距、字型、字體大小、行距的編排方式與印刷條件等編排過程。
許勝雄 彭　游 吳水丕	1991	能辨度（Legibility）亦即可區辨性（Discriminability），是指可以在文數字彼此之間識別出何者為何的屬性，他有賴筆劃粗細、字體型式、對比及照明等條件。
許勝雄	1992	對易讀性的看法是「可區辨性」，只可以在文字與數字間辨識出何者的屬性，它有賴筆劃粗細、字體形式、對比及照明、文數字間隔、行間距、周邊留白等條件等影響。
張世錩	1993	「易讀性」主要運用版面編排要素如字體大小、種類、橫直排列方式、行距、字距、版面留白率等因素來加以變化，使讀者可以很容易攫取內文資料為主要目的。
董基宏	1993	易讀性在於增進閱讀速度，而不降低閱讀的效率，如字體種類、行間、字間等不同變化的運用，使讀者可以很容易的獲知內文訊息。
王秀如	1996	文字就其機能性而言，易讀性為讓人一目瞭然。
陳俊宏 黃雅卿 曹　融 邱怡仁	1997	文字的機能在於傳達，最佳的文字傳達則須正確的字形，而一個正確的字形自然會顯現可讀性（Readability）的效果，其實這還不夠，應進一步要求易於閱讀的條件，也就是所謂易讀性（Legibility）的問題。
張一岑	1997	易讀度是所顯示的文字或符號易於辨識的程度，不僅予人的視銳度有關，而且受到文字、符號、圖案本身與背景的對比、線條粗細、色彩的影響。

綜合而言，版面若要有良好的易讀性，需要善用編排設計手法，將編排設計元素（如：字體、字級、行距、欄位、留白、字距和色彩等）作合理的編排與配置，藉此達到簡單、美觀、清晰、容易辨識，以及舒適、易於閱讀之效果。

二、字體、字級的研究

中文字體種類繁多，版面也經常運用不同的字體及字級去做變化；不同的字體對閱讀過程具有不同影響，文字是傳播經驗、敘事、抒情的主要媒介，文字本身屬於說明符號，看得懂、看的清楚是非常重要（柳閩生，1987）。如何選擇易讀性的文字來編排版面是很重要的，從張世錩（1993）、董基宏（1993）、蔡佩蓉（1995）、王秀如（1996）、黃任鴻（1999）、陳書瑩（2000）、陳怡芳（2003）和葉國棟（2006）等人所著的過去文獻中，整理出有關字體和字級的研究：

表 2-5-2　字體及字級相關定義

學者	年代	研究觀點
恆川亮彥	1928	在日本眼科學會醫學總會所發表的演說「各種漢字字體的可讀性問題」中指出，同筆畫時，易讀性的順序為：明體＞楷書＞黑體。
陳敦化	1974	從明朝以來，明體字一直是印書的主要書體，其大多用於本文之印刷，是因為明體字易於書寫，又便於雕刻，且明體字具有在閱讀時可使人感覺不到文字存在的特色，而使人可以了解文章內容。因此，明體字在書籍或雜誌、報紙使用上極廣，被稱為最良好的閱讀性字體。

Hartley	1978	當閱讀距離必須超過 45 公分時，需注意最小文字、數字、符號之高度，不小於 4.35mrad（字高／視距＝1:230）。（引自黃任鴻，1999）
羅樹寶	1987	在中國大陸「排版知識問答」中提到，根據正常視力人的測定，在同樣條件下，閱讀同一號不同字體的出版物時，明體字比其他字體要省力。
薛心鎔	1987	指出字體是否易於辨認在於讀者是否熟悉它，熟悉或普遍認用的字體，自然最易於閱讀。
日本視覺系研究所	1987	在「PR 誌、說明書的文本編排之書體調查」指出，最常用的字體大小、最小 10pt、最大 14pt，平均集中於 12pt；而週刊雜誌最長用的視 8pt 活字，6 號活字，也是新聞本文的活字，換算照相打字為 11.5pt。
廖俊偉	1990	以大專生生對一般圖書設計之偏好研究中指出，大家選擇圖書時，最重視圖書的印刷品質，其次是字體大小；一般而言，大專生對圖書偏好於高品質印刷，重視內文編排方式與內文使用字體。
林　川	1991	根據正常人眼睛的生理結構，以數學分析方法算出中文印刷體的閱讀適性參數，其中以五號字及小五號字的內文用字之綜合閱讀性較好；並算出不同字號在人眼中心視力範圍的字容量。
王行恭	1992	認為明體字的可讀性及辨識容易程度最高，隸書及行書則不可辨識率高達七成，而級數採 15 級左右之大小，直排者多做長一號之變形，橫排則做平一號之變形，在閱讀時尚可採視覺導流之現象，便於長時間閱讀。
林　川	1992	指出在漢字版面的閱讀適性裡，通常明體字（也就是宋體字）的閱讀性最好，其次是黑體、楷、仿宋體，心理學上也得到類似論證。因其字形設計有一基本原則，即盡量讓筆畫充滿字面邊框，如此便加大筆劃間的間隔，有助於應增加筆劃清晰性，亦相對提高其易讀性。
盧瑞琴	1995	探討字體大小對閱讀者的眼睛疲勞度之影響研究結果顯示，四組不同大小不同字體（2.5mm、3mm、3.5mm、4mm），閱讀文章 20 分鐘後，字寬 4mm 隻眼睛疲勞度增加最多，字寬 3.5mm 的字體引起眼睛疲勞度最少。

林行建	1999	字體大小的決定要考慮下列因素：(1) 字體大小的用途：如標題、內文、圖片說明文、附註等；(2) 閱讀者的年齡、視力因素；(3) 閱讀距離的遠近；(4) 廣告物的性質。

表 2-3-2 字體相關研究分析顯示，由於宋體（明體）字形上的設計盡量填滿邊框，且可加大筆劃間的間隔，因此，可達到筆劃清晰的效果，且其易讀性也較楷體、黑體高。柳閩生（1987）也指出，除非特殊需要，本文字體以宋體的易讀性較佳。此外，讀者的使用習慣仍是影響字體的易讀性之一。

三、每行文字長短的研究

文字編排不論是直排或橫排，都需要對每行文字長短作個取捨，取個適當的長度就像是製造一個休息點，讓眼睛不至於過度疲勞，同時也不會因為過長的行長以致影響找不到下一行起點的困擾；相反地，行長若過短，要不斷的換行造成眼睛上下（直排）或左右（橫排）移動，反而又是增加眼睛的疲勞。從張世錩（1993）、董基宏（1993）、蔡佩蓉（1995）、王秀如（1996）、黃任鴻（1999）、陳書瑩（2000）、陳怡芳（2003）和葉國棟（2006）等人所著的過去文獻中，整理出行長相關的定義：

表 2-5-3　行長相關定義

學者	年代	觀點內容
Luekish	1973	說明每行長度與字體大小兩變數，不僅會影響閱讀速度，也會產生交互作用。
日本視覺設計研究所	1987	研究發現每行最好在 15-30 字的範圍，大致已 20-30 字為平均，最多不超過 40 字；若超過 40 字換行時，視線會有前後混亂的的情形。而一行數字在 10 字以下，為了換行眼睛需時長移動，容易疲勞。
黃振輝	1993	認為眼睛視覺有邊際效果的存在，若每一行字數太長，使讀者視覺容易跳行；太短則會使眼睛轉動頻繁。閱讀時間太頻的換行，容易造成眼睛疲勞，沒有明顯的垂直或水平方向閱讀的暗示。
林川	1994	提及在正式閱讀姿勢下，橫向閱讀從左眼右轉 20 度的行長計算值為 120mm，當超過 120mm 後閱讀換行容易錯行。
陳俊宏	1996	在不同的行長變化，以每行 25 字閱讀速率最快，其次為每行 15 字，唯兩者之差異較小；最慢的則是每行 35 字組，顯示行長過長則閱讀速率不佳。

相關研究分析得知：每行文字長度以 20-30 字為佳，字體大小也提供同樣的影響因素，此外，陳俊宏、黃雅卿、曹融與邱怡仁研究行長與其他版面編排變項之交互作用，研究顯示，行長、橫直排列方式、字型三個變項間的交互作用均達到顯著。

四、欄位變化的探討

所謂欄位，就是將文字分割成若干區塊的面積，以利版面安排及閱讀，透過欄位的變化，可使文字、表格和圖片更容易配置，也可增加版面在編排時的變化，同時，眼睛透過分欄的設計，可在閱讀時減少眼睛大範圍的視線移動，降低眼睛的疲勞可增加閱讀性。從張世錩（1993）、董基宏（1993）、蔡佩蓉（1995）、王秀如（1996）、黃任鴻（1999）、陳書瑩（2000）、陳怡芳（2003）和葉國棟（2006）等人所著的過去文獻中，整理出有關欄位變化的相關研究：

表 2-5-4　欄位變化相關定義

類型	分欄形式	說明
直式編排	一欄	通常使用在以文字為主體的刊物上，版面呈現較為單純。
	二欄	可加強解釋性文章的特性，使嚴肅氣氛減輕變得平易通俗，而更容易閱讀。而從視覺生理來說，兩欄直式編排的行長較適宜閱讀。
	三欄	為能在雜誌中容納更多的內容，且達到較佳的視覺效果，雜誌的版面越來越大，分欄數也增加。三欄式每行 20-30 字，是較普遍的編排方式。
	四欄	根據調查每欄 15-20 字是最好的視覺範圍，雜誌版面進行四欄直式的分隔，每行字數若接近該數值，能達最好的閱讀效果。
	五欄以上	雜誌版面分為五欄以上，每行字數大約是 13-16 字，若分欄數太多，每行字數太少，讀者閱讀時頻繁的換行，反造成閱讀上的負擔。因此，該避免過多分欄造成閱讀的障礙，且版面呈現過於瑣碎的效果。

橫式編排	一欄	橫式的編排適合理工、科技類的雜誌。一欄式的分割整體感覺較為嚴肅、呆版，穩定感較強，但每行字數若過多時，容易形成閱讀上的障礙。
	二欄	行長若超過 40 字，容易產生換行閱讀上的困難，而兩欄式的分割可以避免這樣的缺點，版面上的變化也較多。
	三欄	欄數越多，版面編排上所能處理的變化也更多，整體感覺顯得較活潑有力。

由表 2-3-4 欄位相關研究得知：欄位過多或不分欄時，與行長太長或太短產生一樣的問題，也就是視覺動線太長，容易找不到下一行的起點；太短則會增加眼睛移動的次數，也會增加疲勞感。考慮分欄時，字體大小、直排橫排、行長都是要考慮的重點問題。

針對上述的相關文獻探討，版面上除了資訊的傳達之外，更要求具有美感的層次，因此，在版型的規劃上必須注意符合構成要素、適當的留白以及版面的閱讀性（Craig Denton，1998）。本研究對編排內容與版面編排的關係整理如下：

1. 文字編排的方向

林川（1994）教授根據正常人的眼睛，用數學方式計算出漢字印刷體的閱讀適應參數，得出橫式的編排方式優於直式的編排方式。蘇宗雄（1988）指出，國人的閱讀習慣可以完全適應橫式與直式的兩種編排方式，而不會有阻礙；但因為眼睛的位置是左右對等的，故從生理上的結構來說，橫式的視線移動應該是比較自然而合理的。陳敦化（1986）據眼科學者指出，若把直排與橫排讀物做閱讀競賽，則橫排讀物筆直排讀物較早讀完。由於人類眼睛是生長在左右兩邊，視線移動會牽動視覺肌肉，左右移動是單純力的運動，而上下移動是較複雜的肌肉運動，因而較容易疲勞。故橫排優於直排。

2. 字體種類

字體泛指文字其獨特的外貌，各種型態、粗細變化的字體，對於版面之意象與閱讀性都有密不可分的關係（Craig Denton，1998）。

3. 字體大小

國內學者林行健（1999）認為，字體大小的決定應考慮幾項因素，a.字體大小的用途，如標題、內文、圖片說明文、附註等；b.閱讀者的年齡、視力等因素；c.閱讀距離的遠近；d.刊物的性質。日本視覺研究所（1987）以「說明書的本文編排用之書體調查」，發現最常用字體的大小，最小 10pt，最大 14pt，大致上集中於 12pt。

4. 字距與行距

適當的行距與字距可以方便閱讀，區分字義，易於辨識產生空間韻律感。在版面中內文字體之字距與行距的安排，如採行距大於字距，較不會造成錯視（曹融，2001）。

5. 標題

謝美惠（1993）認為，標題字體在大小安排上通常較大，可用粗、特粗、超特粗字體，以產生視覺的重點及平衡版面重心。另外，在主標題、副標題、引文的周圍應保持適當的留白，可增加易讀性，使標題具有迫使視覺進入內文之引導效果（Parker，1995）。

由於中文字形體成正方形，因此在編排上可以做多種變化。在直橫排的閱讀筆較上，顯示橫排編排方式優於直排方式，主要原因在於生理構造相同影響，在字體相關研究分析，由於明體自行設計上盡量讓筆劃充滿字面方框，可加大筆畫間的間隔，達到筆畫清晰的效果，因此明體較容易閱讀。蘇宗雄（1985）依文字使用的目的，將文字分成以下四種：

1. 讀的文字

書籍、雜誌、報紙及其他印刷物，文本中所使用的文字，其作用為閱讀，首重容易閱讀的可讀性和易讀性的功能。

2. 看的文字

圖書、雜誌及印刷物上的大標題；店家招牌上的文字；企業、機關、團體的標準字等，屬於看的文字，視覺性及注目性則是其重點。

3. 寫的文字

寫的文字如：平日寫信、記筆記、寫報告等手寫文字，由於每個人的筆跡不盡相同，缺乏統一性與均衡性，較不易閱讀。

4. 欣賞、品味的文字

所指的是文字傳達的同時，我們感受文字構成所顯現的美感、律動、雅致等感覺特性，例如：傳統中國書法或特殊設計的字體，文字的趣味性和創造性成為設計重點，易讀性和視認性已經不是很重要。

另外，魏朝宏認為良好的文字字體設計，應具備下列原則（馬世聰，2003）：

1. 正確的字形

文字主要機能在傳達訊息，要具備好的傳達性必須仰賴正確的字形，只有正確的字形才能易於閱讀，進而了解內容，達到文字的傳達功能。

2. 易於閱讀

文字易讀的首要條件之一，是各個文字字形的區別性，也就是各文字具有個別性，讓人閱讀時容易辨識。

3. 美觀

設計者對字體設計的重視，往往比易讀性的要求來得早，也就是設計字體時較不考慮到易讀性的問題。但是，過份將文字予以奇巧裝飾或變形，對於文字原有的易讀性就會被破壞。

4.創新

字體的演變可說是時代與需求的一項產物，創造完美的字體設計，不但改善、美化了我們的生活環境，更提升了人類文化的素質。

文字設計包含正確的字形、易於閱讀、美觀、創新四原則，而文字最根本功能在於傳達資訊，正確的字形決不能忽視，美觀、創新設計則應在易於閱讀的前提下進行，如此才能真正發揮文字設計於訊息傳達的功能。又教科書屬於讀的文字，為了有助於閱讀，可讀性和易讀性成為教科書編排設計上最重要的考量。

可見，文字編排並非容易之事，其中存在著大多相互影響的因素，就連讀者平日的使用習慣也是影響字體易讀的因素，在編排設計上並沒有單一的法則可遵循需要同時考慮各因素間的需要來作編排的拿捏。

第六節　小結

根據上面第一節至第五節之文獻探討，可得知字體、欄位的變化和字級的的運用對版面設計的因素相當重要。透過與報社編輯的訪談，我們可以得知，小型報橫排的方式是未來科技的趨勢，另外欄位的使用、字體和字級的變化，都是讀者對版面的第一印象，因此，本文將以欄位、字體和字級作主要的變項去進行實驗設計，其原因分別如下：

一、橫式編排的重要性

目前小型報的編排方式主要以橫排為主，由林川（1992）根據正常人眼睛的生理結構，用數學的方法計算出漢字印刷體的閱讀適性參數，得出橫排優於直排；並且認為橫排是科技發展的必然趨勢，因為科技語言的描述，或者參雜英文的編排方式，都需要用橫排的方式來表示，若只有內文採用直排，則這種混排方式會造成閱讀中斷，且一些自動化的打字機、印表機等，也都是按橫排的方式設計。

另外，蘇宗雄（1988）國人的閱讀習慣完全可以是用直、橫排兩種編排，而且不會有任何的障礙，但因為眼睛的位置是左右對等的，故從生理結構來說，橫式的視線移動應是較合理而自然的。陳敦化（1986）據眼科學者指出，若把直排與橫排讀物做閱讀競賽，則橫排讀物比直排讀物較早讀完。由於人類眼睛是生長在左右兩邊，視線移動會牽動視覺肌肉，左右移動是單純力的運動，而上下移動是較複雜的肌肉運動，因而較容易疲勞。故橫排優於直排。因此，若在晃動的捷運車廂裡閱讀小型報，橫式的編排方式，會讓讀者顯得比較輕鬆、不易疲憊。

二、字體的使用

中文字形體成正方形，因此在編排上可以做多種變化。在直橫排的閱讀筆較上，顯示橫排編排方式優於直排方式，主要原因在於生理構造相同影響，在字體相關研究分析，由於明體自行設計上盡量讓筆劃充滿字面方框，可加大筆畫間的間隔，達到筆畫清晰的效果，因此明體較容易閱讀。

由於捷運報是屬於軟性新聞居多，其主要目的是打發搭乘捷運的時間，讓乘客能閱讀些有趣的新聞，以至於不感到乏味。因此，在字體的選用上主要是以「圓體字」為主，圓體字讓人感到有柔美和順的情感，是屬於軟調的字體；也表達出字體的圓滑曲線、在字體研究的學者眼裡，它是屬於女性化的曲線，具有食慾的字體，會吸引讀者去觀看。圓體字的特徵是起筆和收筆都是圓頭狀，筆劃架構是方正的格局，屬於親和力高的字體。另外，在硬性新聞方面，小型報多使用細明體來呈現，由於其字體方正，中規中矩可增加新聞內容本身的專業性。

本研究選擇變項時，在字體的使用上，參考目前捷運報所使用的字體進一步做深入的探討。在字體上，分別選用細圓體和細明體來作變項。

三、字級的變化

現今，捷運報所使用的字級為 10.5pt-11pt 之間，過去，報紙最常用的字級為 10.5pt，也有用到最小的 10pt；由於小型報讀者必須在搖晃的捷運上閱讀，所以字級的使用上也比其他報紙來得大。賴郁芳（1998）提到，10pt 的細圓體與 12pt 的細明體是較好閱讀的，但是 12pt 的細明體在意象上是較不理想的。所以本文在選用變項時，是採取 10pt 和 10.5pt 以及 11pt 三種不同的字級大小來做版面的測試。

四、欄位的切割

小型報是屬於四開報，不像大報的「對開報」可以做很多區塊的切割，適當的欄位設計，可以減少閱讀時眼睛的視線移動，降低疲勞。欄位的變化影響到每行字數的多寡，根據過去的學者研究，發現每行字數長短最好在 15-30 字的範圍，且 15-20 個字是最好的視覺範圍；而目前小型報在欄位的劃分時，必須要考量讀者的閱讀習慣，因此，欄位多劃分在 3-4 欄之間，字數約在 15-20 個字左右，以利讀者在車廂上閱讀。本研究在選擇欄位當變項時，考慮未來小型報的發展趨勢，故採用 3 欄和 4 欄的欄位變化去做版面的切割。

由上述可知，文字編排並非容易之事，其中存在著大多相互影響的因素，就連讀者平日的使用習慣也是影響字體、字級的易讀性因素；在編排設計上並沒有單一的法則可遵循，因此在編排時需要同時考慮各因素間會產生的交叉影響，本研究企圖由欄位、字體和字級的變化中，找出小型報最佳的組合模式。

Fugitive ex-Hsinchu Council speaker returns

第三章　研究設計

版面設計的好壞影響讀者的閱讀績效至鉅，而影響版面設計的因素又非常廣泛，版面設計時除了內容須符合閱讀者需求外，圖文編輯在視覺運用的技巧亦相當重要，本研究之目的在探討不同的設計因素組合，對閱讀績效的改變。研究的標的物為小型報紙，探討讀者在不同報紙版面的編排設計下，讀者所受到的刺激與反應，希望藉由閱讀所需的時間多寡和對新聞內容的了解程度，找出一份最適合讀者編排形式的小型報。本章將由研究架構作導引，簡單地介紹整個研究邏輯與假設，隨後介紹研究所選用之方法，最後說明實驗設計與步驟。

第一節　研究架構

本研究主要是以小型報的視覺探討為主，了解讀者的閱讀效益，進而找出適合小型報版面編排的模式。本研究的架構圖 3-1-1 如下：

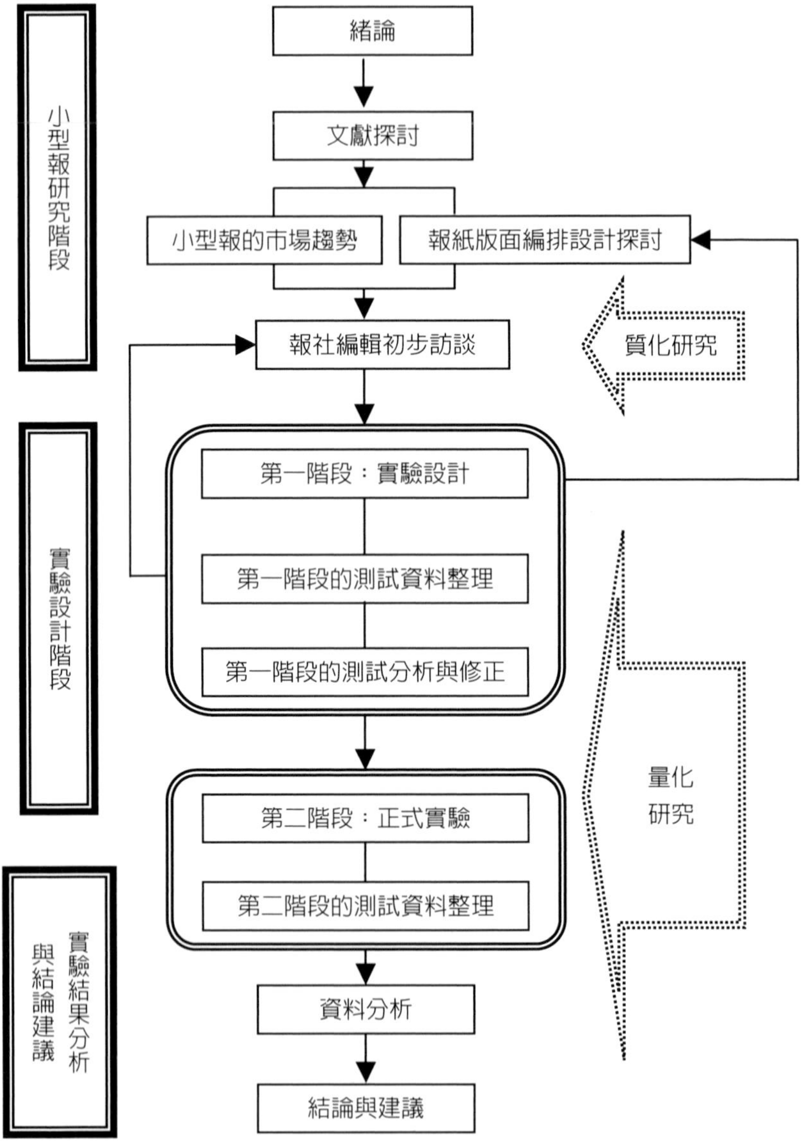
小型報研究階段
實驗設計階段
實驗結果分析與結論建議
緒論
文獻探討
小型報的市場趨勢
報紙版面編排設計探討
報社編輯初步訪談
質化研究
第一階段：實驗設計
第一階段的測試資料整理
第一階段的測試分析與修正
第二階段：正式實驗
第二階段的測試資料整理
量化研究
資料分析
結論與建議

圖 3-1-1　研究架構

本架構可分為三大部分，首先是小型報研究的階段，除了蒐集國內外的文獻，整理小型報的發展歷程和版面設計的基礎要素外，也與報社編輯（爽報及 Upaper 兩小型報編輯部工作人員）作初步的訪談，了解目前報業媒體對小型報的評價、市場趨勢和編排原則等。第二階段是實驗設計的步驟，了解國內主要報紙對版面設計要素的規定，包含字體的使用、字距和字級的大小等，並依此發展出本研究的自變項，開始進行電腦排版的工作；排版過後的報紙，先與報社編輯人員進行初步的校稿，包含欄位的走向是否符合視覺動線和圖片的使用是否得當等，修改完畢的初稿則可進行讀者測試的部分。第三部份則是實驗結果的分析，將受測者針對版面測試後的績效評量結果，分為主觀性和客觀性的探討，進行量化的分析，最後再提出適合小型報編排設計的最佳組合作為結論。

第二節　研究問題和假設

本研究目的為了解不同的版面編排模式對受測者會產生不同的閱讀效益，期望透過研究進而發展出適合小型報的編排方式，作法為操控不同之自變項以觀察因便項所產生的結果。依據上節之研究架構所發展出來的研究問題可分為兩個階段來探討：

第一階段是採質化的研究方式，其研究問題如下：

（一）媒體對小型報的評價？

（二）各家報社目前小型報的編排做法？

第二階段是採量化的研究方式，其研究問題如下：

（一）報紙版面採用不同的欄數，對讀者閱讀效能是否有影響？

（二）報紙版面採用不同的字體，對讀者閱讀效能是否有影響？

（三）報紙版面採用不同的字級，對讀者閱讀效能是否有影響？

（四）報紙版面採用不同的欄數和字體，對讀者閱讀效能是否有影響？

（五）報紙版面採用不同的欄數和字級，對讀者閱讀效能是否有影響？

（六）報紙版面採用不同的字體和字級，對讀者閱讀效能是否有影響？

（七）報紙版面採用不同的欄數、字體和字級，對讀者閱讀效能是否有影響？

依據研究問題並建立本研究的研究假設：

H1：欄位對於受測者之閱讀效能無顯著的差異。

H2：字體變化對於受測者之閱讀效能無顯著的差異。

H3：字級大小對於受測者之閱讀效能無顯著的差異。

H4：欄位和字體變化對於受測者之閱讀效能無顯著的差異。

H5：欄位和字級大小對於受測者之閱讀效能無顯著的差異。

H6：字體變化和字級大小對於受測者之閱讀效能無顯著的差異。

H7：欄位、字體變化和字級大小對於受測者之閱讀效能無顯著的差異。

第三節　研究方法

為了找出本研究小型報的編排設計最好的組合，提供業界做為提升閱報率的參考。本研究主旨先探討目前小型報的市場和未來發展，透過文獻分析、訪談報社業界相關編輯，了解小型報目前的趨勢。其後再根據小型報編輯的意見選擇欄位，字級及字體等自變項，最後進行版面的編排設計，利用實驗設計的方式找出小型報最佳的編排要素。

在圖 3-1-1 研究架構中，可了解本研究分為三階段來進行，第一階段為小型報市場探討和未來趨勢；第二階段為目前編排的狀況；第三階段為版面的實驗設計，因此本研究所使用的研究方法計有三種 1.文獻探討 2.專家訪談 3.實驗設計，分別說明如下：

（一）文獻探討

為了達到研究的目的，本研究透過文獻的整理與蒐集，了解小型報的字體使用模式、字級大小及欄位編排，和找出小型報目前在國內外的發展及應用，分析小型報未來市場的趨勢。

（二）專家訪談

邀請爽報及 Upaper 等小型報相關編輯人員進行訪談，針對目前小型報市場的應用和發展進行深入的研討，將文獻探討和專家訪談的資料進行彙整及分析，了解版面編排重要的視覺要素和趨勢後，作為實驗設計版面編排的參考依據。

（三）實驗設計

實驗設計是種驗證假設最好的方式，透過隨機化（Randomization）的方式來控制各種變項的誤差來源，各種系統化的誤差將會因為被打散而互相平衡。良好的實驗方式，可以在實驗的過程中找出問題，並且陸續的修正，以達到自變項和應變項經由實驗後產生的結果，是符合內在效度的。

在統計學裡的實驗設計中常用的實驗方法有 1.完全隨機設計（Completely Randomize Design; CRD）；2.隨機區集設計（Randomized Complete Block Design; RCBD），分別如下：

1. 完全隨機設計（Completely Randomize Design; CRD）

完全隨機設計的特點是各個實驗變數的水準以完全隨機的方式指派給實驗單位，其用途是在於測試不同水準之單一變數效果，亦可以不依個人主觀的取樣或判斷，母體內每一基本單位個體均具有相同地位，採取隨機方式抽選樣本，使事前各樣本被抽中的機率完全相等。

2. 隨機區集設計（Randomized Complete Block Design; RCBD）

隨機區集設計是先依據某些外在的變數將實驗單位分成若干「區集」（block），使區集因素能吸收準則變數的某些差異，從而縮小抽樣的誤差。

此種方式是臨床實驗最常用的一種設計，隨機區集化是為了消除偏差，把不可測變數的誤差降至最低。由於完全隨機設計在樣本數很大的狀態下，受測者若選取中途停止或其他原因，可能造成處理分組的不平衡。為了避免完全隨機化實驗對象指派處理之不平衡，因此採用隨機區集設計的方式，排除在實驗中所會產生的誤差。

根據上述兩種實驗方法，為求達到實驗研究等組設計的要求，本實驗採用完全隨機設計（Completely Randomize Design）的方式，主要以大學生為方便取樣的對象，讓應變項在實驗後所產生的變化，可以歸因於研究者對自變項的操弄。

在選擇受測者時，由於目前在台灣的市場，小型報發行量最大的為聯合報，其所發行的捷運報 Upaper，平均每月的發行量約二十萬份，鎖定對象為年輕的通勤族群；在內容編輯的選擇上，也以軟性新聞居多，報導流行資訊、電車男女的故事，以及消費版面等。在捷運站裡，因為受到地理環境的變化少，乘客很容易感到無聊，捷運報所提供的資訊較主流報紙來得精簡扼要，可以讓匆匆的上班族、上課的學生在搭乘或者在等待時看完整份報紙，大致得知今天的社會新知，不但可以減少無趣的等待時間，更可將當地的經濟和社會生活延伸到捷運行程中，因此，發行捷運報就受到廣大年輕族群的喜愛。

小型報陸續在市場上嶄露頭角，在版面設計上和內容上，都依通勤族的需求為考量，強調新聞短小但絕對是有用的資訊，而且可以抓住讀者的目光。因此，本研究在編排新聞內容時，主要以軟性新聞為編輯內容；因此，在挑選受測對象時，也以年輕的學生族群為主要對象，故在實驗設計中以採用完全隨機設計方式，來保障實驗結果具有內在效度。

第四節 測量工具與樣本

在本研究中，為求達到實驗研究等組設計的要求，讓應變項在實驗後所產生的變化可以歸因於研究者對自變項的操弄，故採用完全隨機設計，透過控制版面設計因素（自變項變化），調查受測者的反應（應變項反應）和因果關係。

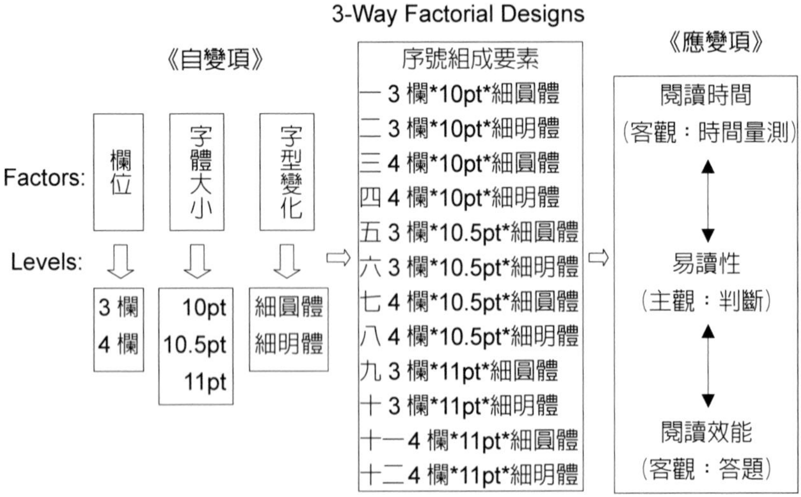
3-Way Factorial Designs
《自變項》
Factors:
欄位
字體大小
字型變化
Levels:
3 欄
4 欄
10pt
10.5pt
11pt
細圓體
細明體
序號組成要素
一 3 欄*10pt*細圓體
二 3 欄*10pt*細明體
三 4 欄*10pt*細圓體
四 4 欄*10pt*細明體
五 3 欄*10.5pt*細圓體
六 3 欄*10.5pt*細明體
七 4 欄*10.5pt*細圓體
八 4 欄*10.5pt*細明體
九 3 欄*11pt*細圓體
十 3 欄*11pt*細明體
十一 4 欄*11pt*細圓體
十二 4 欄*11pt*細明體
《應變項》
閱讀時間
（客觀：時間量測）
易讀性
（主觀：判斷）
閱讀效能
（客觀：答題）

圖 3-4-1 實驗設計

在圖 3-4-1 之實驗設計中，我們可以看到左邊一共有三個自變項分別是欄位數、字體大小和字型的變化，藉著操弄自變項的方式，觀察依變項的變化，並藉變項間之交互作用測知變項之間的因果關係。本研究採用 2（三欄與四欄的欄位變化）× 2（細圓體與細明體的字型變化）× 3（10pt、10.5pt 及 11pt 的字體大小變化）三個自變項，總共交叉形成 12 個實驗性版面的變化，序號分別為一至十二（參考附錄一）。另外，在圖 3-4-1 的右邊，則是三個應變項，分別為客觀性量度的閱讀時間、主觀判斷的易讀性和客觀性探討的閱讀效能三者。本研究將藉由上述的版面組合，清楚的找出適合讀者的版面編排形式，更可以直接測得讀者對於版面的閱讀結果。

為了達到實驗的目的，本研究所採用的實驗工具與樣本說明如下：

一、實驗工具

實驗設計法是指研究者在妥善控制一切無關變項的情況下，操弄實驗用之自變項，而觀察實驗中自變項的變化對應變項所產生的影響效果。本研究在實驗過程中，供測試用的工具計有（1）經由電腦排版輸出的 12 種報紙版面（2）測試閱讀效能時所使用之問卷（參考附錄二）（3）馬錶（4）統計軟體 SPSS。

閱讀速率的測量方法通常有閱讀時間控制法與閱讀數量控制法兩種（梁茂森，1982），兩者之不同簡單說明於下：

1. 閱讀時間控制法

閱讀時間控制法是使用限定的時間，來測量閱讀數量。採用此一方式來做研究的學者，有 Chang（1977）、Lopez、Clark 與 Winer（1979）。其特點，在於受試者是在一定之限定時間內進行閱讀，受試者雖不一定能在限定之時間內看完閱讀材料，但從時間與數量之比率，即能算出個別受試者之閱讀速率。

2. 閱讀數量控制法

閱讀數量控制法是以某一限定之閱讀材料數量，從閱畢資料所花費之時間來測量閱讀速率。運用閱讀數量控制法有 Thalberg（1967）；Kershner（1964）；Coke（1974）；Samuels 與 Dahl（1975）；Jackson 與 McClelland（1979）。受試者依照自己本身速度進行閱讀，當全部材料閱畢之後，即將其所耗費時間予以記錄，在按每位受試者之閱讀時間與數量之比率，以定其閱讀速率。使用閱讀數量控制法之特點，在於同時間開始閱讀，但不同時間結束，受試者均能閱畢所有材料。

無論是閱讀時間控制法或閱讀數量控制法，其所謂閱讀數量是指包括標點符號計算在內之字數。而依據梁茂森（1982）的研究中指出，不論在閱讀時間控制法或閱讀數量控制法，其最後都在於數量與時間之整合，以換算閱讀速率，因此兩種方法之最後目的相同。本研究所採用的實驗方式，是取閱讀數量控制法。

根據上述，本研究探討的應變項，可分為「閱讀時間」、「易讀性」和「閱讀效能」等三個面向。目前國內外學者對版面研究的問卷設計，以語意分析法（method of semantic differential）最為普遍，但此方法卻未能針對讀者是否深入了解新聞內容加以探討。本研究在研究的第一階段先採用閱讀數量控制法，找出應賦予參加實驗的人員閱畢實驗文章所需的平均時間，作為未來正式實驗時的時間標準。正式實驗時即採用前述之時間標準作為閱讀數量控制法，透過閱讀者對閱畢文章所需的時間，探討其易讀性；再由答題的正確性去了解及評估受測者的閱讀效能。藉由同一個版面內容，不同的編排形式，了解受測者的閱讀效能，同時也尋找出最適合小型報的編排模式。

二、前測及樣本選擇

本研究前測所用之問卷的目的是在測量小型報紙的閱讀效益，即同樣內容不同版面設計是否會導致文章好不好閱讀和容不容易了解文章的內容，主要是利用選擇題的選答方式，以測試讀者對文章的理解程度，作為確定受測者是否有詳細閱讀新聞內容的指標及評定測試時間的一致性程度或稱信度；前測所用的碼表作用是在於測量受測者的閱讀時間，以做為數據資料分析的依據；最後，統計軟體主要是做為數據資料分析之用。

新聞是各大學傳播學院學生每天會去接觸到的一項資訊，不論是透過網路上訊息的接收，雜誌的閱讀，或者是報上的描述，新聞資訊都和生活息息相關。在前測的部份，是以隨機抽取的方式抽取世新大學三十六位學生為樣本。大學生經過長時間閱讀的培養，對於報紙編排的好壞，可以立即做出判斷，且大學生的閱讀能力對於版面的測試是可信賴的。

本實驗樣本主要是以大學的學生為對象，分別由政治大學、銘傳大學及世新大學等校的傳播學院隨機抽取四百八十位。受測的政治大學學生有 130 人，佔全體受測者總數的 27%；受測的銘傳大學學生有 166 人，佔全體受測者總數的 34.5%；受測的世新大學學生有 174 人，佔全體受測者總數的 38.5%。

在整個實驗設計研究中，以選擇題作為評量學生閱讀上是否真正仔細閱讀與理解程度的依據。本實驗採用作者依版面內容自編之選擇題，經過仔細設計與安排，來測試讀者的閱讀效益。在進行正式實驗的時候，是以大學生為樣本，由於實驗的版面共有十二組，因此，平均每個版面共有四十位學生來做測試。

三、問卷效度與信度

本研究所使用之問卷在進行前測時經歷過三個階段，包括：

（一）擬訂調查項目

根據理論基礎與相關文獻之探討，決定問卷所要蒐集的資訊、類型、構面與問題的內容及型式，進一步訂定調查的項目以及問卷架構。

（二）擬訂問卷初稿

透過幾位實務界專家所提供的意見，修改部分問題的內容及用字遣詞部份，並決定問題的先後順序及整個問卷版面的佈局，完成問卷初稿。

（三）進行問卷預試

初稿底定後，隨即對問卷進行預試，本問卷前測採用便利抽樣方式進行資料蒐集，樣本為世新大學圖傳系學生，共發放 36 份問卷，有效問卷計 36 份，有效回收率為 100%。

本研究所使用的問卷效度採專家效度，問卷項目乃是根據版面內容整理所發展而出，透過幾位實務界專家所提供的意見修正而得，所以具有一定之內容效度。

信度是指測量結果是否具有一致性或穩定性，穩定性是指在不同時間對同一群受測者重複衡量，結果若相類似，則稱這個工具有穩定性。本研究礙於時間與空間限制，無法做穩定性之分析。張紹勳（2004）表示一致性分析常用的方法有折半信度（Split-half Reliability）、庫李信度（Kuder-Richardson）及 Cronbach's α 信賴係數法。折半信度及庫李信度適合答案為二分化的記分方式，Cronbach's α 信賴係數法適用於檢定李克特五點（七點）計分方式之量表信度。

本研究量表之計分方式採用李克特（Likert）五點尺度，因此使用 Cronbach's α 值係數來檢驗問卷量表的內部一致信度。問卷之 Cronbach's α 值為 0.7639 超過 0.7，代表本研究的題項均達到一定的可信度，研究問卷具有效性。

四、績效評量

根據上述的自變項的分析，本研究要探討的應變項，共可以分為「閱讀時間」、「易讀性」和「閱讀效能」等三個面向。由於目前國內外的學者針對版面設計的研究，主要是以語意分析法（method of semantic differential）最為普遍，因此，本研究採用「績效評量」的方式，深入了解讀者的閱讀績效。經由電腦排版後的版面，分為客觀的填答方式和主觀的選擇題作答方式兩部份，測量讀者對報紙的閱讀效益，即文章好不好閱讀和是否了解文章內容。研究過程中，在客觀分析部分，受測者跟可以根據受測時，版面的舒適度來做客觀的填答方式，亦即對版面的舒適度作研究；另外，在主觀部分，主要是利用選擇題的選答方式，了解讀者對文章的理解程度，以作為確定受測者是否有詳細閱讀新聞內容的指標及評定測試時間的信度。

第五節　實驗步驟

根據研究假設與實驗設計，實驗步驟亦可分為兩個階段進行。第一階段的實驗步驟，每個版面各徵求三位受測者觀看實驗版面，實驗版面如前述，一共有十二個版面，總共測試三十六次，所有受測者需看完版面後，再進行後續績效評量的部份。以下分別為兩階段的實驗步驟圖：

一、第一階段之實驗步驟

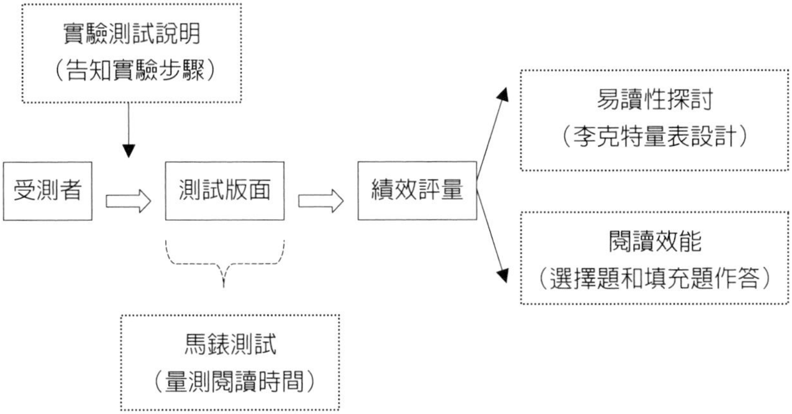
實驗測試說明
(告知實驗步驟)
受測者
測試版面
績效評量
易讀性探討
(李克特量表設計)
閱讀效能
(選擇題和填充題作答)
馬錶測試
(量測閱讀時間)

圖 3-5-1　實驗步驟

在 3-5-1 第一階段的實驗步驟圖中，將採用閱讀數量控制法，實施測試前，受測者先熟讀受測者同意書（參考附錄三），當期簽字同意後，再告知受測者本實驗的測試步驟和規則，首先，受測者需在不受外界訊息干擾下，將版面依照平常閱報的習慣和速度閱讀完畢；受測者在測試版面的過程中，一開始閱讀版面時，將會採用碼表計時，直到閱讀完版面後，受測者需舉手告知，馬錶測試時間即終止，透過閱讀時間的長短了解受測者的版面閱讀效率，以便在統計數據時，作為閱讀績效評量的依據之一（本研究前測人員閱讀各版面閱畢所需之時間平均約為 12 分鐘）。

版面閱畢後，接著是績效評量的部份，在作答的部份，分為兩種方式，第一部份是採用李克特量表，了解受測者心理層面的易讀性探討，受測者可以主觀的判斷版面的舒適度；第二部份是閱讀效能，採用選擇題和填充題作答的方式，深入了解受測者是否了解版面的內容。

經由第一階段實驗步驟所測出的數據，在閱讀時間方面，將取得其平均數，以便在第二階段作測試時，固定所有受測者閱讀版面的時間，深入了解其對版面的閱讀績效。此外，在第一階段的實驗中，企圖找出對於版面影響較小，甚至是沒有顯著影響的變因，以循序漸進的方式去去找出影響版面的重要變因，同時，也在所有測試版面中，找出受測者最喜愛的編排方式。

二、第二階段之實驗步驟

藉由第一階段的實驗結果，可以測得所有受測者閱讀版面的時間，取得所有閱讀時間的平均數後，再進行第二階段的實驗設計。第二階段的版面測試，將進行閱讀時間的控制，讓受測者在一定的時間內閱讀版面內容，時間終止後，首先，進行受測者主觀判別所有版面的喜好程度，接著進行客觀答題的績效評量。

在第二階段的實驗步驟中，將參考第一階段的實驗的結果，進行第二次的實驗。相較於第一階段的實驗方法，在第二階段將採用閱讀時間控制法，採取第一階段受測者閱讀版面時間的均數，且每個版面各徵求四十位以上受測者來做實驗。

Fugitive ex-Hsinchu Council speaker returns

第四章　結果與分析

本章將根據訪談結果及實驗所得到的資料，對第三章研究設計所提出的應變項，分別為易讀性（主觀探討）和閱讀效能（客觀探討）進行實驗結果的驗證，可由以下幾點來分析，第一：主要效果探討（Main Effects），其目的在於了解欄位、字級和字體等單一變項，其對於版面的編排設計，是否有顯著的差異。第二：二子因交互作用關係（2-way Interactions），主要在了解版面透過兩兩因子間的交互作用，受測者對於測試版面，是否產生顯著的差異。第三：三因子變異數分析（3-way Interactions），其目的乃在於檢定實驗設計中，三個變項（欄位、字級、字體）互動對於版面編排的整體閱讀效能和易讀性是否有顯著的影響。

第一節　媒體對小型報的評價

根據對爽報及 Upaper 兩小型報編輯部工作人員的訪談得知：該兩報編輯部工作人員對未來小報的發展都深具信心，也同意美國版面設計名家賈西亞（Mario Garcia）的預測，認為「在二十年內，所有報紙都將瘦身成為小型報」。藉由對小型報過去的研究了解，編輯們認為小型報未來可能的發展趨勢為多與國際化接軌，編排方式要方便於中英文夾雜，因此小型報採用橫向的編排方式來配合英文及阿拉伯數字的走向，方便讀者閱讀。再者時間和品質一直是報紙的致命傷，品質上的要求包含多種元素，包含紙張、網點、套色、照片、表格、字體、字級、欄位及色彩平衡等多種因素，尤其在小型報之報紙版面設計中，整體的視覺動向縮小，各項條件的品質失誤都會很明顯，例如色彩的評定須更為要求，反白字或圖片的套色必須要更為精準與穩定，所以品質的提升的確勢在必行。

小型報在速食時代中，編排內容的取向要以軟性新聞為主來吸引讀者。在編輯上，字體的使用由於讀者需在晃動的車廂上閱讀，因此字級使用也比一般報紙來得大。在字體使用上，小型報多使用「圓體」，學者研究認為圓體它是屬於女性化的曲線，具有食慾的字體，會吸引讀者去觀看。圓體字的特徵是起筆和收筆都是圓頭狀，筆劃架構是方正的格局，屬於親和力高的字體。另外，明體由於字體較方正，在小型報編排時，大多用於硬性新聞，可以提升報紙本身的專業性。

小型報在內容的取捨方面，大多取自於母報。為了要吸引通勤族主動的取閱報紙，版面在編排設計上會比大報來得生動有趣，在表格、圖片及色彩上的運用也會增加，以減少讀者閱讀文字內容的壓力。

第二節　樣本資料分析

在本研究中，欄位分為兩種水準、字級分為三種水準和字體分為兩種水準，共計有十二個測試版面，測試樣本為政治大學、銘傳大學及世新大學等傳播學院之學生共計 480 人，平均每個版面有四十位同學擔任受測者接受測試，樣本回收的情形如下：

一、實驗樣本回收

本研究主要以大學生為研究對象，由於捷運報 Upaper 和站外所發放的爽報主要在台北的捷運站發行，因此，研究對象以北部大學生為主。本研究之實驗自民國九十七年三月十八日正式進行版面的測試，為期兩個月，於五月十五日完成實驗。測試對象共四百八十位，測試題目為選擇題，未填答之題項，不列入計分，總回收樣本共計四百八十份。

二、樣本結構分析

本實驗受測者之個人基本資料包括：就讀學校、性別兩項，受測者的基本資料如表 4-2-1，資料如下：

表 4-2-1　受測者的基本資料

個人背景變項	性別	人數	百分比（%）
政治大學	男性	68	14%
	女性	62	13%
銘傳大學	男性	48	10%
	女性	118	24.5%
世新大學	男性	65	14%
	女性	119	24.5%
合計		480	100%

在學校背景分面：受測的政治大學學生有 130 人，佔全體受測者總數的 27%；受測的銘傳大學學生有 166 人，佔全體受測者總數的 34.5%；受測的世新大學學生有 174 人，佔全體受測者總數的 38.5%。

在性別分面：男性的受測者有 181 人，佔 37.7%，而女性受測者則有 299 人，佔 62.3%。

第三節　版面的易讀性分析

在本節中，透過實驗的結果，針對受測者閱讀小型報版面後，其對報紙版面內容的主觀易讀性判別。藉由李克特五點量表，受測者可以主動勾選內容的易讀程度。為了解受測者對於不同版面易讀性的結果，因此，對本實驗之三個不同的變項（欄位、字體、字級），作三因子變異數之分析（3-way Interactions）其分析結果如下：

一、版面之三因子變異數分析

為了解欄位、字體和字級種類對易讀性的影響。本實驗藉由受測者對於小型報版面易讀性的測量可得知其結果，下表針對三個不同的變項作三因子變異數之分析（3-way Interactions）其分析結果如下：

表 4-3-1 易讀性之三因子變異數分析

依變數：易讀性

來源	型 III 平方和	自由度	平均平方和	F 檢定	P 值
校正後的模式	48.217a	11	4.383	11.807	.000
Intercept	5096.033	1	5096.033	13726.294	.000
欄位	1.875	1	1.875	5.050	.025*
字級	42.567	2	21.233	57.193	.000*
字體	.300	1	.300	.808	.369
欄位*字級	.450	2	.225	.606	.546
欄位*字體	2.408	1	2.408	6.487	.011*
字級*字體	.200	2	1.000E-01	.269	.764
欄位*字級*字體	.517	2	.258	.696	.499
誤差	173.750	468	.371		
總和	5318.000	480			
校正後的總數	221.967	479			

顯著水準 $\alpha=0.05$；*P 值 <0.05

為了解欄位、字體及字級的種類對易讀性的影響，因此利用三因子變異數分析的方法來進行檢定。由上表 4-3-1 可以發現，三者交互作用並沒有顯著差異性（$p>0.05$），因此，探討三因子兩兩間交互作用的顯著性，二因子交互作用結果顯示，欄位*字體交互作用具有顯著性，因此，需針對固定欄位去探討字體的單因子變異數分析結果，以及固定字體的變化去了解欄位的單因子分析結果。另外，由於字級的主要效果（main effect）中，達顯著水準（p<0.05）），因此，進一步進行雪費（Scheffe）事後檢定，其結果如下。

二、字級之雪費（Scheffe）事後檢定

首先，針對字級進行事後檢定，由下表 4-3-2 可知，字級對易讀性之事後檢定，當字級為 10pt 時，針對版面的易讀性，皆與 10.5pt 及 11pt 有顯著性；當字級為 10.5pt 時，針對版面的易讀性，則與 10pt 有顯著相關；另外，當字級為 11pt 時，針對版面的易讀性而言，則與 10pt 有顯著相關。

表 4-3-2　字級對易讀性之事後檢定

依變數：易讀性

Scheffe 法

(I) 字級	(J) 字級	平均差異 (I-J)	標準誤	P 值	95%信賴區間	
					下界	上界
10 pt	10.5 pt	-.70	6.86E-02	.000*	-.87	-.53
	11 pt	-.52	6.86E-02	.000*	-.69	-.36
10.5 pt	10 pt	.70	6.86E-02	.000*	.53	.87
	11 pt	.17	6.86E-02	.039*	6.59E-03	.34
11 pt	10 pt	.52	6.86E-02	.000*	.36	.69
	10.5 pt	-.17	6.86E-02	.039*	-.34	-6.59E-03

*P 值＜0.05

經由表 4-3-2 字級雪費事後檢定的結果得知，字級在小型報編排設計中，其字級大小的使用對受測者的易讀性有顯著的影響。尤其當字級為 10pt 時，影響受測者的易讀性最為顯著。

三、欄位*字體二因子交互作用探討

（一）欄位改變時，不同字體對易讀性的探討

1. 欄位為三欄時

首先，針對欄位*字體進行單因子變異數分析，因兩者間具有交互作用。由於欄位分為三欄和四欄兩種水準，因此，先固定欄位為三欄，對不同的字體作易讀性的探討。下表表示當欄位為三欄時，對不同字體的編排使用對易讀性的探討。

表 4-3-3　三欄*字體交互作用分析

易讀性

	平方和	自由度	平均平方和	F 檢定	P 值
組間	.504	1	.504	1.156	.283
組內	103.792	238	.436		
總和	104.296	239			

*P 值＜0.05

由表 4-3-3 結果分析，三欄*字體交互作用分析結果顯示，當欄位固定為三欄時，字體的改變對讀者的易讀性沒有顯著的差異性

（p>0.05），因此可以知道，當一個版面切割成三個欄位的編排模式時，不論是編輯者使用細圓體或者細明體，將對增進讀者易讀性沒有顯著的影響。

2. 欄位為四欄時

在固定欄位為三欄做分析後，接著固定欄位為四欄，對不同的字體，分別為細圓體和細明體作易讀性的探討。

表 4-3-4 為固定欄位為四欄時，不同字體對易讀性的探討，經由單因子變異數分析結果顯示，當欄位為四欄時，不同字體的編排運用對讀者的易讀性有顯著的差異性（$p<0.05$）。

表 4-3-4　四欄*字體變異數分析

易讀性

	平方和	自由度	平均平方和	F 檢定	P 值
組間	2.204	1	2.204	4.618	.033*
組內	113.592	238	.477		
總和	115.796	239			

*P 值＜0.05

表 4-3-5　四欄*字體描述性分析

易讀性

	個數	平均數	標準差	標準誤	平均數的 95% 信賴區間		最小值	最大值
					下界	上界		
細圓體	120	3.29	.69	6.31E-02	3.17	3.42	1	4
細明體	120	3.10	.69	6.31E-02	2.98	3.22	2	4
總和	240	3.20	.70	4.49E-02	3.11	3.28	1	4

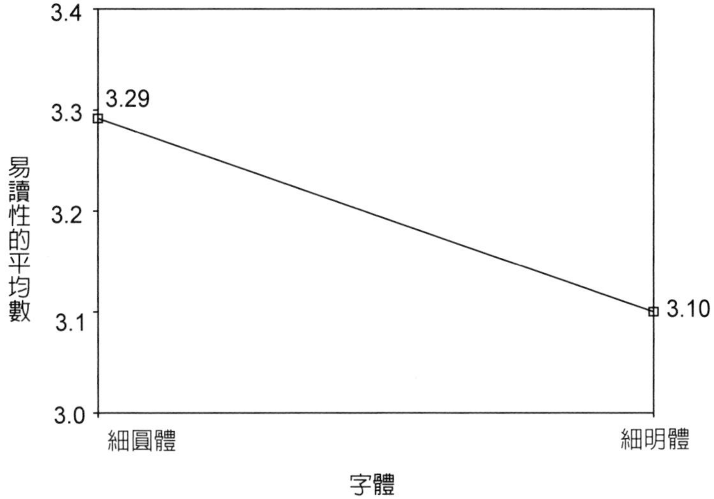
3.4
3.3
3.2
3.1
3.0
3.29
3.10
易讀性的平均數
細圓體
細明體
字體

圖 4-3-1　字體對易讀性之平均數

上表 4-3-5 表示當欄位為四欄時，不同字體的編排運用對易讀性的探討。由上圖得知，當固定欄位為四欄時，不同的字體對易讀性有顯著的差異；且細圓體的易讀性平均分數為 3.29 大於細明體的 3.10，因此當版面做四欄的劃分時，受測者認為細圓體的易讀性會高於細明體。

（二）字體改變時，欄位對易讀性的探討

1. 當字體使用細圓體時

固定欄位分析後，接著固定不同字體，對受測者作易讀性的探討。下表 4-3-6 表示當字體使用細圓體時，版面運用不同欄位的劃分對易讀性的探討。

表 4-3-6　細圓體*欄位變異數分析

易讀性

	平方和	自由度	平均平方和	F 檢定	P 值
組間	1.667E-02	1	1.667E-02	.039	.843
組內	100.717	238	.423		
總和	100.733	239			

*P 值 < 0.05

因此，固定字體為細圓體時，欄位對易讀性的探討，由單因子變異數分析結果顯示，當字體為細圓體時，欄位的變化分別為三欄和四欄時，小型報版面的編排方式對讀者的易讀性沒有顯著的差異性（$p>0.05$）。

2. 字體為細明體時

經由細圓體的分析後，接著對細明體作探討。下表表示當字體使用細明體時，版面運用不同欄位的劃分對易讀性的探討。

表 4-3-7　細明體*欄位變異數分析

易讀性

	平方和	自由度	平均平方和	F 檢定	P 值
組間	4.267	1	4.267	8.704	.003*
組內	113.667	238	.490		
總和	120.933	239			

*P 值 < 0.05

因此，固定字體為細明體時欄位對易讀性的探討，單因子變異數分析結果顯示，當字體為細明體時，欄位的變化對讀者的易讀性有顯著的差異性（$p>0.05$）。

表 4-3-8　細明體*欄位描述性分析

易讀性

	個數	平均數	標準差	標準誤	平均數的 95% 信賴區間		最小值	最大值
					下界	上界		
三欄	120	3.39	.71	6.47E-02	3.24	3.49	2	5
四欄	120	3.10	.69	6.31E-02	2.98	3.22	2	4
總和	240	3.23	.71	4.59E-02	3.14	3.32	2	5

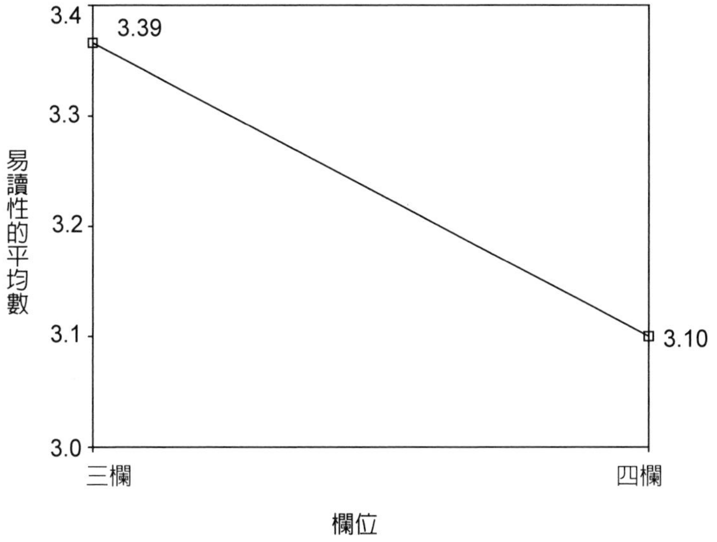
3.4
3.3
3.2
3.1
3.0
3.39
3.10
易讀性的平均數
三欄
四欄
欄位

圖 4-3-2　字體對易讀性之平均數

由表 4-3-8 及圖 4-3-2 得知，當小型報版面字體固定使用細明體時，不同的欄位的變化對易讀性有顯著的差異；且三欄的易讀性平均分數為 3.39 大於四欄的 3.10，因此，當版面使用細明體時，欄數使用三欄的易讀性會高於四欄。

（三）欄位*字體二因子交互作用表

當欄位*字體交互作用產生的結果得知，當版面使用三欄的劃分時，字體使用細明體的編排方式，其易讀性會高於細圓體；另外，當版面使用四欄的劃分時，字體使用細圓體的易讀性會高於細明體。由圖 4-3-3 二因子交互作用情形得知，當小型報版面作三欄的編排方式，針對受測者實驗結果顯示，其使用細明體的易讀性會高於細圓體；若四欄的編排方式，研究結果顯示，使用細圓體的易讀性會高於細明體。

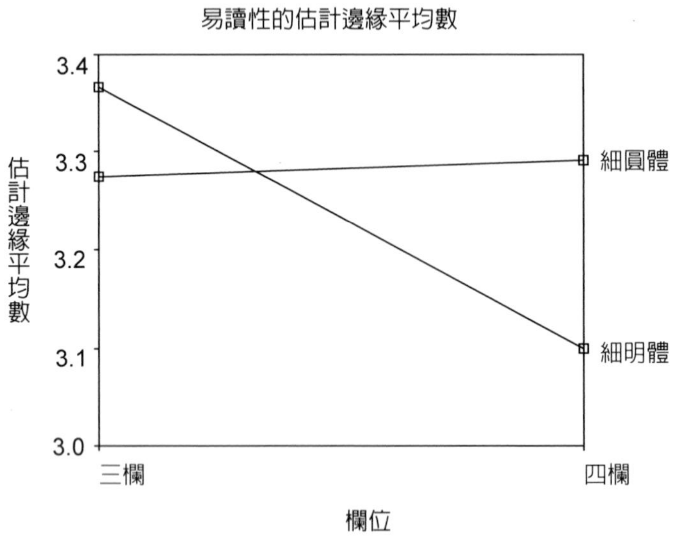
易讀性的估計邊緣平均數
估計邊緣平均數
3.4
3.3
3.2
3.1
3.0
細圓體
細明體
三欄
四欄
欄位

圖 4-3-3　欄位與字體的交互作用

四、小結

本節針對受測者版面主觀的易讀性探討方面，由三因子變異數分析結果得知，欄位、字體和字級其三者間交互作用沒有顯著的影響，因此分別去探討二因子的交互作用情形。結果顯示，欄位*字體兩者交互作用具有顯著性，因此需進一步分析欄位*字體對易讀性的探討，且分析字級的事後檢定結果，統整如下：

1. 由欄位*字體交互作用分析時可知，當小型報版面作三欄的編排方式，針對受測者實驗結果顯示，其使用細明體的易讀性會高於細圓體。當小型報版面欄位固定為四欄時，其不同字體的編排使用對讀者的易讀性有顯著的影響，且使用細圓體的易讀性優於細明體的使用。
2. 由字級進行雪費的事後檢定可知，當小型報版面字級固定為10pt 時，版面使用不同的字體的編排方式對受測者易讀性有顯著的影響。
3. 由本節分析結果得知，小型報版面不論是使用細圓體或是細明體，皆須與欄位多寡的編排使用相搭配，才能增進讀者對版面的易讀性。

第四節　版面的閱讀效能分析

本節將針對受測者進行主觀性的閱讀效能測試，受測者依不同設計要素所作之版面編排作測試，每人僅閱讀一個版面，閱畢後要完成一份效能測驗卷測試，該測驗卷有十六個選擇題，每題一分，16 題全答對者可得 16 分。由於實驗的版面計有十二組，每組版面共有四十位學生來做測試，總共抽取四百八十位受測者。表 4-4-1 系四百八十位受測者對於版面閱讀效能的測試結果，並列出各不同版面的閱讀效能平均得分數，依次可了解各個版面受測者的平均得分數；由下表排序可知，版面七的答題率 11.45 為最高，其次為版面十一的 11.275 及版面十的 11.125。

表 4-4-1　不同版面的閱讀效能測驗平均得分數

版面序號	組成要素	平均得分	閱讀效能排序
一	三欄　10pt　細圓體	8.875	12
二	三欄　10pt　細明體	9.25	11
三	四欄　10pt　細圓體	9.55	10
四	四欄　10pt　細明體	9.95	9
五	三欄　10.5pt　細圓體	10.825	5
六	三欄　10.5pt　細明體	10.125	7
七	四欄　10.5pt　細圓體	11.45	1
八	四欄　10.5pt　細明體	10.125	7
九	三欄　11pt　細圓體	10.675	6
十	三欄　11pt　細明體	11.125	3
十一	四欄　11pt　細圓體	11.275	2
十二	四欄　11pt　細明體	10.95	4

由上表 4-4-1 可知：

1. 平均數答題分數最高的版面為，小型報編排時分割四個欄位、字級為 10.5pt 且使用細圓體的編排方式，其版面內容所傳達的資訊最容易被讀者所吸收、且能儲存記憶。
2. 其次為，字級大者普遍較受到受測者喜愛，尤其當版面元素使用四欄的劃分、字級使用 11pt 大小且字體使用細圓體的版面編排方式，讓受測者之閱讀效能的平均得分數位居第二名。
3. 另外，由表中亦可看出，三欄搭配字級 10pt 和使用細圓體的編排形式，最讓受測者所不能接受，其閱讀效能的平均得分數僅有 8.875。由上表了解一個趨勢，字級使用 10pt 的大小，其閱讀效能的平均得分數偏低，可判斷出小型報版面字級過小，不適合讀者閱讀，因其對版面資訊的吸收能力很低。

一、版面之三因子變異數分析

為了解欄位、字體和字級種類對閱讀效能的影響。本實驗藉由受測者對於小型報版面閱讀效能的測量可得知其結果，下表針對三個不同的變項作三因子變異數之分析（3-way Interactions）其分析結果如下：

表 4-4-2　閱讀效能之三因子變異數分析

依變數：閱讀效能

來源	型 III 平方和	自由度	平均平方和	F 檢定	P 值
校正後的模式	311.256[a]	11	28.296	7.778	.000
Intercept	51979.219	1	51979.219	14288.351	.000
欄位	32.552	1	32.552	8.948	.003*
字級	243.200	2	121.600	33.426	.000*
字體	.602	1	.602	.166	.684
欄位*字級	5.717	2	2.858	.786	.456
欄位*字體	1.519	1	1.519	.417	.519
字級*字體	23.117	2	11.558	3.177	.043*
欄位*字級*字體	4.550	2	2.275	.625	.536
誤差	1702.525	468	3.638		
總和	53993.000	480			
校正後的總數	2013.781	479			

*P 值＜0.05

由此表可以發現三者交互作用並沒有顯著差異性（p>0.05），因此，探討三因子兩兩間交互作用的顯著性，結果顯示，字級*字體交互作用具有顯著性，所以需針對字級*字體進行單因子變異數分析，因兩者間具有交互作用。由於欄位的主要效果（main effect）中，達顯著水準（p<0.05）），因此進一步進行雪費（Scheffe）事後檢定，其結果如下。

二、欄位之雪費（Scheffe）事後檢定

由下表 4-4-3 可知，欄位對閱讀效能之事後檢定，當欄位為三欄時，針對版面的閱讀效能，其平均數為 10.15；當欄位為四欄時，針對版面的閱讀效能，其平均數為 10.69。事後檢定得知，當欄位為四欄時，其閱讀效能會大於版面三欄的編排方式。

表 4-4-3　欄位對閱讀效能之事後檢定

閱讀效能

	個數	平均數	標準差	標準誤	平均數的 95% 信賴區間		最小值	最大值
					下界	上界		
三欄	240	10.15	2.12	.14	9.88	10.42	5	15
四欄	240	10.69	1.95	.13	10.42	10.91	6	15
總和	480	10.41	2.05	9.36E-02	10.22	10.59	5	15

三、字級*字體二因子交互作用探討

（一）字級不同時，不同字體對閱讀效能的探討

1. 當字級為 10pt 時

當字級為 10pt 時，受測者對不同字體進行整體閱讀效能的比較結果如下：首先固定字級為 10pt 時，對版面的閱讀效能探討，由單因

子變異數分析結果顯示，當字級為 10pt 時，字體的變化分別為細圓體和細明體時，對整體版面的閱讀效能沒有顯著的差異性（p>0.05）。

表 4-4-4　字級 10pt*字體之變異數分析

閱讀效能

	平方和	自由度	平均平方和	F 檢定	P 值
組間	6.006	1	6.006	1.500	.222
組內	632.587	158	4.004		
總和	638.594	159			

*P 值＜0.05

研究結果顯示，當小型報版面字級固定在 10pt 時，受測者對不同字體的閱讀效能沒有顯著的差異性（p<0.05）。

2. 字級為 10.5pt 時

當字級為 10.5pt 時，不同字體對閱讀效能的比較如下：由單因子變異數分析結果顯示，當字級為 10.5pt 時，字體的變化分別為細圓體和細明體時，受測者對於小型報使用細圓體或細明體的編排方式，其閱讀效能有顯著的差異性（p<0.05）。

表 4-4-5　字級 10.5pt*字體之變異數分析

閱讀效能

	平方和	自由度	平均平方和	F 檢定	P 值
組間	17.556	1	17.556	4.994	.027*
組內	555.438	158	3.515		
總和	572.994	159			

*P 值＜0.05

表 4-4-6　字級 10.5pt*字體之描述性分析

閱讀效能

	個數	平均數	標準差	標準誤	平均數的 95% 信賴區間		最小值	最大值
					下界	上界		
細圓體	80	11.14	1.84	.21	10.73	11.55	7	14
細明體	80	10.48	1.91	.21	10.05	10.90	7	14
總和	160	10.81	1.90	.15	10.51	11.10	7	14

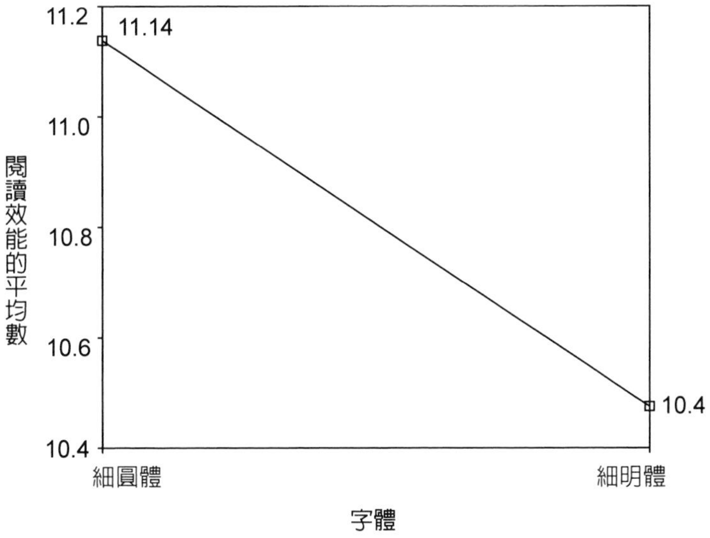
11.2
11.14
11.0
閱讀效能的平均數
10.8
10.6
10.4
10.4
細圓體
細明體
字體

圖 4-4-1　字體對閱讀效能之答題分數

由上圖得知，當固定字級為 10.5pt 時，不同的字體對閱讀效能有顯著的差異；由受測者答題的正確性來辨別，版面使用細圓體的閱讀效能平均分數為 11.14 大於細明體的 10.48。由數據顯示得知，當小型報版面使用 10.5pt 的字級，必須搭配細圓體的使用才能增進讀者的閱讀效能。

3. 字級為 11pt 時

當字級為 11pt 時，不同字體對閱讀效能的比較如下：首先固定字級為 11pt 時，對版面的閱讀效能做探討，由單因子變異數分析結果顯示，當字級為 11pt 時，字體的變化分別為細圓體和細明體時，受測者對於整體版面的閱讀效能沒有顯著的差異性（$p>0.05$）。

表 4-4-7　字級 11pt*字體之變異數分析

閱讀效能

	平方和	自由度	平均平方和	F 檢定	P 值
組間	.156	1	.156	.044	.834
組內	558.838	158	3.537		
總和	558.994	159			

*P 值＜0.05

（二）當字體不同時，不同字級對閱讀效能的探討

此外，在固定字體下進行不同字級對閱讀效能的比較。

1. 當字體為細圓體時

由下表 4-4-8 可知，當字體為細圓體時，不同字級的使用對閱讀效能的探討，由單因子變異數分析結果顯示，當字體為細圓體

時，小型報版面使用不同的字級大小，對受測者閱讀版面的閱讀效能有顯著的差異性（$p<0.05$）。當字體為細圓體時，不同字級對閱讀效能的比較如下：

表 4-4-8　細圓體*字級之變異數分析

閱讀效能

	平方和	自由度	平均平方和	F 檢定	P 值
組間	182.358	2	91.179	27.188	.000*
組內	794.825	237	3.354		
總和	977.183	239			

*P 值＜0.05

經由雪費（scheffe）事後檢定對字級的分析如下：

表 4-4-9　細圓體與字級對閱讀效能之事後檢定

依變數：閱讀效能

Scheffe 法

(I)字級	(J)字級	平均差異 (I-J)	標準誤	P 值	95%的信賴區間	
					下界	上界
10pt	10.5pt	-1.92	.29	.000*	-2.64	-1.21
	11pt	-1.76	.29	.000*	-2.48	-1.05
10.5pt	10pt	1.92	.29	.000*	1.21	2.64
	11pt	.16	.29	.854	-.55	.88
11pt	10pt	1.76	.29	.000*	1.05	2.48
	10.5pt	-.16	.29	.854	-.88	.55

*P 值＜0.05

由上表 4-4-9 可知，細圓體與字級對閱讀效能之事後檢定。當小型報版面字體使用細圓體時，編排方式使用不同的字級大小，對於受測者的閱讀效能沒有顯著的差異性（$p>0.05$）。

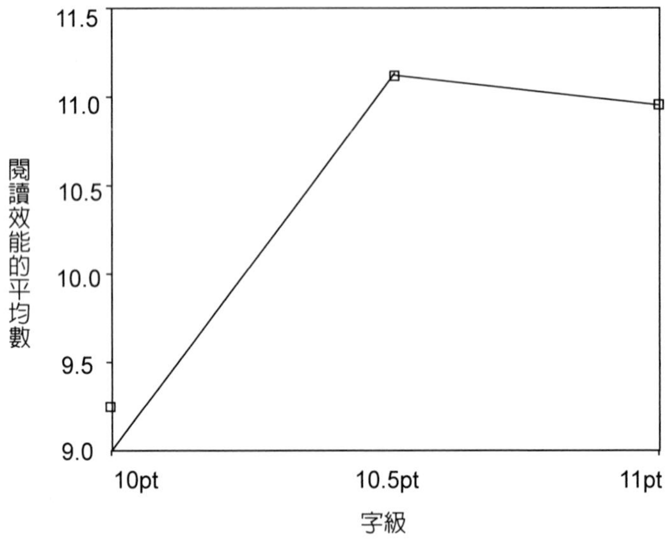
11.5
11.0
10.5
10.0
9.5
9.0
閱讀效能的平均數
10pt
10.5pt
11pt
字級

圖 4-4-2　細圓體與字級對閱讀效能之答題分數

研究結果發現，當小型報字體固定為細圓體時，字級使用 10.5pt 與 11pt 對受測者的閱讀效能沒有顯著的差異性（$p>0.05$），然而字級使用 10pt 與 10.5pt 和字級為 10pt 與 11pt 皆有顯著的差異性（$p<0.05$），由敘述統計結果得知在字體為細圓體的情況下，閱讀效能整體評價 11pt 與 10.5pt 約略相等，但是大於 10pt（$p<0.05$）。

2. 字體為細明體時

接著，小型報版面固定字體為細明體時，進行不同字級對受測者閱讀效能的比較。當字體為細明體時，受測者針對不同字級對閱讀效能的比較如下：

表 4-4-10　細明體*字級之變異數分析

閱讀效能

	平方和	自由度	平均平方和	F 檢定	P 值
組間	83.958	2	41.979	10.450	.000*
組內	952.038	237	4.017		
總和	1035.996	239			

*P 值＜0.05

研究結果發現，由上表 4-4-10 可知，細明體與字級對閱讀效能之事後檢定。當小型報版面固定字體為細明體時，編排方式使用不同的字級大小，對受測者的閱讀效能有顯著的差異性（$p<0.05$）。

表 4-4-11　細明體與字級對整體評價之事後檢定

依變數：閱讀效能

Scheffe 法

(I)字級	(J)字級	平均差異 (I-J)	標準誤	P 值	95%的信賴區間	
					下界	上界
10pt	10.5pt	-.88	.32	.023*	-1.66	-9.44E-02
	11pt	-1.44	.32	.000*	-2.22	-.66
10.5pt	10pt	.88	.32	.023*	9.44E-02	1.66
	11pt	-.56	.32	.209	-1.34	.22
11pt	10pt	1.44	.32	.000*	.66	2.22
	10.5pt	.56	.32	.209	-.22	1.34

*P 值＜0.05

由上表 4-4-11 可知，細明體與字級對閱讀效能之事後檢定。當字級為 10pt 時，針對版面的閱讀效能，皆與 10.5pt 及 11pt 有顯著性；當字級為 10.5pt 時，針對版面的閱讀效能，則與 10pt 有顯著相關；另外，當字級為 11pt 時，針對版面的閱讀效能而言，則與 10pt 有顯著相關。

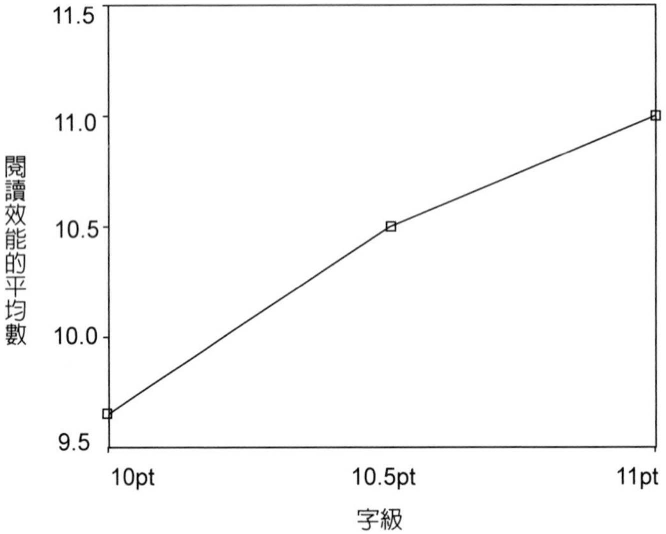
閱讀效能的平均數
11.5
11.0
10.5
10.0
9.5
10pt
10.5pt
11pt
字級

圖 4-4-3　細明體與字級對閱讀效能之答題分數

研究結果發現，小型報版面字體固定為細明體時，受測者對於字級使用 10.5pt 與 11pt 的版面閱讀效能，沒有顯著的差異性（$p<0.05$），然而字級 10pt 與 10.5pt 和字級為 10pt 與 11pt 皆有顯著的差異性（$p<0.05$）。由敘述統計結果得知，受測者在字體固定為細明體的情況下，其字級的閱讀效能依次為 11pt>10.5pt > 10pt。

（三）字級*字體交互作用表

當字級*字體交互作用產生的結果，可以了解小型報字體使用細圓體或細明體和字級產生的交互作用結果，經由受測者的實驗測試知道，當版面字體使用細圓體時，字級的閱讀效能依次為 10.5pt >11pt >10pt；另外，當版面字體使用細明體時，字級的閱讀效能依次為 11pt>10.5pt>10pt，因此，小型報不同字級和字體編排使用對受測者皆產生不同的閱讀效能。

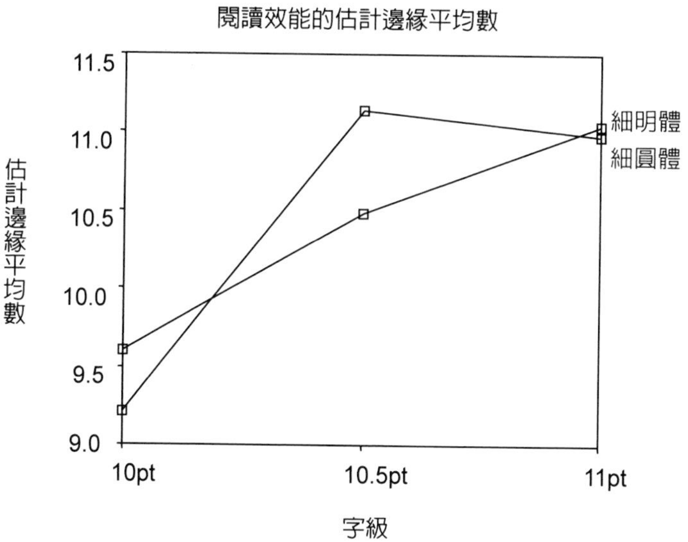
閱讀效能的估計邊緣平均數
估計邊緣平均數
11.5
11.0
10.5
10.0
9.5
9.0
10pt
10.5pt
11pt
字級
細明體
細圓體

圖 4-4-4　字級與字體對閱讀效能之交互作

四、小結

針對版面客觀性的閱讀效能探討方面，由上述統計結果得知，三者間沒有交互作用，因此探討字級*字體交互作用兩兩間的交互作用情形。此外，字級之單因子變異數具有顯著性，其分析結果如下：

1. 由字級*字體交互作用分析時可知，當小型報版面字級固定為時，其不同字體的編排使用對讀者的客觀性之閱讀效能有顯著的影響，且使用細明體的閱讀效能高於細圓體的使用。
2. 由字級*字體交互作用分析時可知，當小型報字體固定為細圓體時，字級使用 10pt 時，受測針對版面的閱讀效能皆與 10.5pt 及 11pt 有顯著性，可得知，字級 10pt 對於受測者而言過小，因此，與 10.5pt 及 11pt 有明顯差距。
3. 由字級*字體交互作用分析時可知，當小型報字體固定為細明體時，字級使用 10pt 時，受測針對版面的閱讀效能皆與 10.5pt 及 11pt 有顯著性，可得知，字級 10pt 對於受測者而言過小，而且字級 11pt 搭配細 11pt 明體是最適合小型報的編排形式。

Fugitive ex-Hsinchu Council speaker returns

第五章　結論與建議

本章節中，依據第四章主觀的易讀性探討和客觀的整體評價結果分析與發現，歸納出本研究主要的結論，再提出後續研究建議，以供小型報等相關產業作為參考依據。

第一節　結論

不論是主觀的易讀性探討或者客觀閱讀效能，由第四章結果分析得知，三者間沒有交互作用，因此探討三者間兩兩間的交互作用情形，結果顯示受測者在實驗中，對於兩兩交互作用皆有顯著影響。其中小型報的編排使用四欄的切割畫面、字級 10.5pt 以及字體為細圓體的形式，其版面所呈現的新聞內容是最容易讓受測者所吸收和記憶；其次的編排形式同樣為四欄的分割和細圓體的使用，但字級為 11pt 者為受測者較能吸取新聞資訊的樣式。有關易讀性和閱讀效能之結果如下：

一、欄位、字體及字級對小型報之影響

由第四章分析結果，我們可以知道在主要效果的影響方面，字級的大小對於受測者的影響有明顯差異；但在欄位方面，由數據得知，版面不論是切割成三欄或四欄，對於受測者閱讀版面並無顯著影響，由此可推測，小型報欄位的劃分，三欄與四欄的閱讀效能差距不大，且每行在閱讀時低於五個字的差異，因此其結果不顯著。關於易讀性的結果和版面的分析分別如下：

（一）易讀性分析

針對受測者對版面主觀的易讀結果分析，由於三者間沒有交互作用，因此探討兩兩間的交互作用情形。由於欄位*字體交互作用具有顯著性，因此需各別針對欄位*字體對易讀性作深入的了解，其結論如下：

1. 當欄位*字體產生交互作用時，小型報版面欄數使用為四欄時，其不同字體的編排使用對讀者的易讀性有顯著的影響，且使用細圓體的易讀性優於細明體的使用。
2. 當字級*字體產生交互作用時，小型報版面當字體使用細圓體時，字級的閱讀效能依次為 10.5pt >11pt >10pt；另外，當版面字體使用細明體時，字級的閱讀效能依次為 11pt>10.5pt>10pt，因此，小型報不同字級和字體編排使用對受測者皆產生不同的閱讀效能。

（二）閱讀效能分析

針對版面客觀性的閱讀效能結果分析，其三因子之交互作用亦沒有顯著性，但二因子字級*字體交互作用有明顯的差異。此外，字級之單因子變異數具有顯著性，其結論如下：

1. 當字級*字體產生交互作用時，小型報版面字級固定為 11pt，其不同字體的編排使用對讀者的客觀性之閱讀效能有顯著的影響，且使用細明體的閱讀效能優於細圓體的使用。
2. 當字級*字體產生交互作用時，小型報字體固定為細圓體、字級使用 10pt 時，受測針對版面的閱讀效能皆與 10.5pt 及 11pt 有顯著性，可得知，字級 10pt 對於受測者而言過小，因此，與 10.5pt 及 11pt 有明顯差距。
3. 當字級*字體產生交互作用時，小型報字體固定為細圓體、字級使用 10pt 時，受測針對版面的閱讀效能皆與 10.5pt 及 11pt 有顯著性，可得知，字級 10pt 對於受測者而言過小，而且細圓體搭配字級 10.5pt 是最適合小型報的編排形式。

由上述可知，在兩兩交互作用中，字體的種類與字級大小的交互作用，在主觀和客觀的實驗中，皆可知道有顯著的差異，亦可從中了解，小型報字體和字級的編排設計對於讀者的影響甚大，在編排時不同的字體應搭配不同的字級，其所傳達的訊息內容是最容易讓讀者吸取。

在三因子的交互作用方面，版面的易讀性和閱讀效能的交互作用，皆無顯著影響，可得知，本研究之欄數的使用對於小型報的影響無顯著上的差異，因此導致三因子分析時，其交互作用亦無顯著差異。

二、版式設計應注意事項

根據單因子變異數分析，單純效果分析，雪費（scheffe）事後比較，我們可以發現，當字體為細圓體時，版面使用三欄的切割，其易讀性會高於四欄；另外，當字體為細圓體時，版面使用四欄的切割，其易讀性會高於三欄。在字級的使用方面，當字體為細圓體時，字級為 10.5pt 其易讀性會高於細明體。根據本研究發現，我們可以得出以下幾點結論：

（一）由版面字級和字體的兩兩交互作用的結果得知，不論是易讀性的探討或者版面客觀的閱讀效能分析結果，受測者在實驗中，對於其交互作用皆有顯著的影響。

（二）小型報不論是使用三欄或四欄的劃分，因每行字數差距低於五個字，所以其對讀者皆無顯著影響。

（三）小型報的欄數為三欄或四欄時，不論字體為細圓體或細明體，其字級需與字體搭配使用來編排，才能增其閱讀效能。

（四）不論是受測者主觀的易讀性探討或客觀的閱讀效能分析，小型報字級的易讀性為 10.5pt>11pt>10.5pt。

（五）小型報的版面作四欄的切割，使用細圓體，且字級 10.5pt，其編排方式最受讀者所肯定。

三、本研究之相關問題回答

綜合上述結論，本研究透過實驗設計得到的結果和第四章實驗結果分析，依序回答以下之研究問題：

（一）報紙基本組成的要素及版面編排形式。

藉由過去的研究了解，小型報未來可能的發展趨勢尚佳，為了與國際化接軌，方便於中英文夾雜的編排方式，編輯們認為小型報宜採用橫向的編排方式來配合英文及阿拉伯數字的走向，方便讀者閱讀。另外，構成報紙的基本要素諸如：照片、表格、字體、字級、欄位及色彩等，在第二章中均有詳細的介紹，以了解其對小型報的重要性。

（二）台灣當前小型報的編排狀況。

本研究在進行電腦排版前，先與小型報編輯進行訪談的工作，了解小型報在速食時代中，編排內容的取向以軟性新聞為主來吸引讀者。另外，在編輯上，字體的使用由於讀者需在晃動的車廂上閱讀，因此字級使用也比一般報紙來得大。在字體使用上，小型報多使用「圓體」，學者研究認為圓體它是屬於女性化的曲線，具有食慾的字體，會吸引讀者去觀看。圓體字的特徵是起筆和收筆都是圓頭狀，筆劃架構是方正的格局，屬於親和力高的字體。另外，明體由於字體較方正，在小型報編排時，大多用於硬性新聞，可以提升報紙本身的專業性。

小型報在內容的取捨方面，大多取自於母報。為了要吸引通勤族主動的取閱報紙，版面在編排設計上會比大報來得生動有趣，在表格、圖片及色彩上的運用也會增加，以減少讀者閱讀文字內容的壓力。

（三）找出小型報欄位、字體及字級等版面編排的最佳的組合。

本研究透過實驗設計的方式，由三個變項組成的十二個測試版面中，小型報的編排使用四欄、細圓體及字級 10.5pt 的形式，其版面的新聞內容是最容易讓受測者所吸收和記憶；其次為四欄、細圓體的使用，但字級 11pt 為受測者較能吸取新聞資訊的版面。由實驗的結果，建議小型報業者在編排時，可採用欄數四欄、細圓體和 10.5pt 的設計來讓讀者進行閱讀，以增加其易讀性。

由上述可知，小型報編排設計並非容易之事，其中存在著交互影響的因素，如讀者閱讀的場所、使用習慣等都是影響欄位、字體和字級易讀性的因素；因此，在編排設計上並沒有單一的法則可遵循，報社編輯們在進行排版時，需考慮各因素間會產生的影響，才能增加讀者的易讀性，綜合以上結果，本研究提供適合小型報的版面編排形式，供報社在編排報紙時作參考。

第二節　建議

在本研究中，實驗設計所用的欄位（三欄和四欄）、兩種字體（細圓體和細明體）和字級（10pt、10.5pt、11pt），其三因子交互作用並無顯著影響，但字體的種類和字級對易讀性和整體版面評價確實有影響，因此，建議後續研究者，可以採用更多的水準（levels）加以深入研究。此外，另有其他對後續研究者之建議如下：

一、研究對象方面

1. 可擴大研究對象，本研究僅以一般大學生作為研究對象，是考量現今小型報之發行對象以捷運通勤族為主；而現在網路資訊活躍，讀者透過網路取得資料的方便性高，應可以將母體擴大處理。
2. 對象可增加至不同年齡層的族群來探討，甚至深入了解年齡較高者其對小型報的易讀性程度。

二、研究方法方面

1. 就實驗設計的方法而言，本研究使用紙本的方式提供受測者閱讀，但隨著科技的進步，小型報也有在網路上提供讀者在電腦上讀取新聞資訊，因此後續研究者可以利用不同的媒材來做此實驗，探討小型報之電子版本的編排設計。

2. 本研究編排小型報的方式，是利用相同的新聞內容給予不同的讀者做測試，後續研究可利用不同新聞內容的編排方式，對相同的受測者做多次的實驗，以深入了解受測者對版面的認知情況。

三、研究變項方面

1. 影響版面易讀性的因素很多，本研究經由訪談的結果，選取三個重要的因子來做實驗設計，建議後續研究可以選擇更多的因素來探討，或者探討影響小型報版面編排的其他重要因素，讓小型報的版面編排設計可以更加完整。
2. 小型報的編排形式有很多種，後續研究者可進行改版，運用不同的編排方式，諸如圖片的搭配，表格的使用對讀者做測試，賦予更多適合小型報的編排樣式。

四、研究範圍方面

1. 由於資訊媒體的發達，報業生存不易，現今多轉由多媒體的編輯來發展，後續研究者除了可以朝電子報發展研究外，亦可延伸至網路編輯的部份。
2. 易讀性之探討不只限於小型報，可了解出版業之圖書、雜誌或者教科書，針對不同的閱聽族群找出適合的編排方式。

Fugitive ex-Hsinchu Council speaker returns

參考文獻

一、中文部份

王秀如（1996），國小高年級國語教科書編排設計之研究，國立雲林科技大學工業設計研究所碩士論文。

王明嘉（1983），版面設計的藍圖／怎樣動手編排（上），雄獅美術，153，p.152。

王明嘉（1997a），字的解析——談字體編排設計的基本素養（上），設計，74，pp.34-38。

王明嘉（1997b），字的解析談字體編排設計的基本素養（下），設計，75，pp.58-63。

日本視覺設計研究所（1987），編排與構成，台北：美工圖書社。

丘永福（1995），圖文編輯，台北：藝風堂。

吳仁評（1998），中文字的編排設計在平面設計上的應用與表現——以文字和影像結合為例，國立臺灣師範大學美術系碩士論文。

吳建瓏（2003），學齡兒童使用鍵盤與滑鼠之相關手部人體計測，國立成功大學工業設計學系碩士論文。

冷楓（1956），編輯實務上的幾個小問題，報學，1，9，pp.72-73。

李杉峰（1989），傳達企業情報的圖文構成，台北：藝風堂。

李重華（2002），台灣地區捷運報研究——探索新興小型報紙的經營策略，中國文化大學新聞系碩士論文。

李瞻（1985），黃色新聞的興衰，世界新聞史，50，pp.657-689，台北：三民。

何耀宗（1988），商業設計入門：傳達與平面藝術，台北：雄獅出版 。
林川（1994），漢文的書寫——閱讀排列方式分析，中華印刷科技年報，pp.430-435。
林川、陳世融（1991），漢字印刷體的閱讀生理基礎，中國印刷，32，pp.52-63。
林川、樊林（1994），漢字印刷文本的閱讀適性討論，中華印刷科技年報，pp.423-429。
林榮觀（1990），商業廣告設計，台北：藝術家出版社。
林宜箴（2002），版頭設計與年輕讀者閱報效應之研究，國立台灣師範大學大眾傳播所碩士論文。
哈羅爾、于鳳娟（2002），報刊編輯手冊，台北市：麥格羅希爾。
胡碧瑩（1996），編好報輯好書：北部新聞中心在職進修紀實，台北市：自由時報。
柳惠文（2004），報紙新聞內容與圖像呈現對認知效果的影響，世新大學傳播管理學系碩士論文。
柳閩生（1986），讀你千遍也不厭倦：版面設計與閱讀意願之探討，世界新聞專科學校學報，2，pp.207-215。
柳閩生（1987），版面設計，台北：幼獅文化事業。
荊溪人（1987），新聞編輯學，台北：商務印書館。
馬西屏（1998），標題飆題，台北：三民。
徐佳士（1973），中文報紙版面改革之研究，新聞學研究，12，pp.17-66。
張卉穎（2004），蘋果日報對聯合報、中國時報的影響，國立政治大學新聞研究所碩士論文，台北市。
張春興（1992），張氏心理學辭典，台北：東華書局。
許心嫻（2003），中文文字編排設計課程網路教材建構之研究，雲林科技大學視覺傳達系碩士論文。
莊宜昌（1996），報紙版面設計對讀者閱報認知、態度影響之研究，國立政治大學新聞所碩士論文。

許勝雄（1992），視閱角度對漢字可辨識性的效應視，技術學刊，18（3），pp.333-336。陳怡芳（2003），中文辭典版面編排設計研究，雲林科技大學視覺傳達設計系碩士論文。

陳俊宏、黃雅卿（1995），中文明體字字寬字高比及編排方式之易讀性和意象研究，行政院國家科學委員會專題研究計劃成果報告，pp.81-82。

陳俊宏、黃雅卿、曹融、邱怡仁（1997），不同寬高比及編排方式之中文明體字易讀性和意象研究，科技學刊，6（4），pp.379-395。

陳俊宏、楊東民（2000），視覺傳達設計概論，台北：全華科技圖書公司。

陳瑩書（2000），高中生活科技教科書版面編排設計之研究，國立師範大學工業教育研究所碩士論文。

陳萬達（2001），現代新聞編輯學，台北：揚智文化。

陳崇茂（1997），編輯與文字的對話，台北：博碩文化。

陳孝銘（1990），商業美術設計——平面應用篇，台北：北星圖書公司。

陳毓華（2006），國民中學國文教科書編排設計之易讀性與閱讀眼動研究，輔仁大學心理學系碩士論文。

黃任鴻（1999），文章段落版面編排方式之視覺搜尋及閱讀效應。國立台灣科技大學管理技術研究所碩士論文。

葉國棟（2005），中文字型種類以及字距與行距對國小六年級學童閱讀速度之影響，國立臺中教育大學教育測驗統計研究所碩士論文。

葛晉良（1982），談報紙新聞標題的行數、字體及頭條，報學，6，8，pp.47-52。

劉佳淇（2001），適合高齡者閱讀之報紙文字及其版面編排設計研究，雲林科技大學視覺傳達設計系碩士論文。

蔡佩蓉（1995），報社編輯選擇新聞與版面編排之研究，國立政治大學新聞所碩士論文。

薛心鎔（1987），現代新聞編輯學，台北：中央日報編印。

羅文輝、吳筱玫、Paddon A. R.（1998）。台灣報紙頭版設計的趨勢分析：1952-1996 新聞學研究，59 期，pp.67-90。

蘇蘅（2002），競爭時代的報紙：理論與實務，台北市：時英。

蘇蘅（2002），台灣電子報版面設計的比較——探討現代主義的影響，台北：數位時代中的媒介與文化趨向國際學術會議。

二、英文部分

Arnold, E. C. (1969). Modern newspaper design. New York: Haper & Row.

Brand, J., and Orenstein, B., Does Display Configuration Affect Information Sampling Performance? Ergonomics, Vol. 41, No. 3, 1998, pp. 69-78.

Collier, D., & Cotton, B. (1989). Basic Desktop Design and Layout. U.S.A: North Light Books.

Covert, D. C.(1987). Color preference conflicts in visual composions. Newspaper Research Journal, 9 (1), pp. 49-59.

Cremer, J., Kearney, J., and Ko., H., Simulation and Scenario Support for Virtual Environments, Computer & Graphics, Vol. 20, No. 2, 1996, pp. 199-206.

Cushman, W. H., & Rosenberg, D. J. (1991). Human Factors in Product Design. New York: Elsevier Book Company.

Garcia, M. R.(1993). Contemporary newspaper design. New Jersey: Prentice-Hall.

Grandjean. (1981). Fitting the task to the man: An ergonomic approach. Taylor and Francis.

Griffin, J.L., & Stevenson, R.L.(1992). Influence of Text & Graphics in Increasing Understanding of Foreign News Context. Newspaper Research Journal, 13(1), pp.84-99.

Gripsrud, Jostein (2000). Tabloidization, popular journalism and democracy. in Sparks, Colin & Tulloch, John (eds.) (2000). Tabloid tales – Global debates over media standards, pp.285-300. Lanham, Boulder, New York, Oxford: Rowman & Littlefield Publishers, INC.

Harrower, T. (1998). The newspaper designer's handbook, (4th ed.). Boston, MA: McGraw Hill.

Horton, W. K. (1991). Illustrating computer documentation: The art of presenting information graphically on paper and online. New York: John Wiley & Sons, Inc.

Huntinget (1981). W.Laubli, Th. and. Grandjean, E. Postural and visual loads at VDT workplace: I Constrained posture. Ergonomics, Vol. 124, pp. 917-931.

Karlqvist, L., Hagberg, M., Selin, K. (1994), Variation in Upper Limb Posture and Movement During Word Processing With and Without Mouse Use, Ergonomics, Vol. 37, No.7, pp. 1261-1267.

Levie, W.H. & Lentz. R. (1982). Effects of text illustrations: A review of research. Educational Communication and Technology Journal, 30(4), pp.195-232.

Marras, W. S. and Schoenmarklin R. W., Greenspan G. T. and Lehman, K. R., (1995). Quantification of Wrist Motions During Scanning, Human Factors, Vol. 37, pp. 412-423.

McQuail(1992). Pictures as relevant cues. Newspaper Research Journal, 13(2), pp.241-263.

Morgan, C. T., & Richard, K. (1966). Introduction to psychology. New York: McGraw-Hill.

Roy Paul Nelson (1977). The Design of Advertising,. Dubuque, William C. Brown Company, p. 296.

Sauter, S.L., and Schleifer, L. M. (1991). Work posture, workstation design and musculoskeletal discomfort in a VDT data entry task, Human Factors, Vol.33, pp.151-167.

Sanders, M.S., & McCormick, E. J. (1993). Human Factors in Engineering and Design. New York: McGraw-Hill Book Company.

Seibel, R.(1972). Data Entry Devices and Procedures, Human Engineering Guide to Equipment Design Revised Edition , pp. 311-344.

Wick, R. H. (1992). Schema Theory and Measurement in Mass Communication Research: Theorical and Methodological Issues in News Information Processing. Communication Yearbook, 15, pp.115-145.

三、網路部分

報紙版頭設計的趨勢分析。2007 年 8 月 2 日，取自於 http://www.jour.nccu.edu.tw/Mcr/0059/05.html。

網頁設計與頁面編排原則。2007 年 7 月 13 日，取自於 http://www.spps.cyc.edu.tw/homepage.htm。

版面結構與氣勢營造。2007 年 6 月 21 日，取自於 http://cc.kmu.edu.tw/~m700070/book1/c.html。

陳冰（2003）。〈從英國報紙瘦身看「小報化」現象〉。2007 年 5 月 2 日，取自於 http://www.chinanews.com.cn/n/2003-12-10/26/379296.html

林暉（2005）。從新詞流行看全球媒體的新變化，2007 年 1 月 20 日，取自於 http://media.pcoplc.com.cn/BIG5/22114/49489/54862/3822418.html

Outing, Steve（2003）。編製更好的印刷版報紙，2007 年 10 月 20 日，取自於 http://www.brainnew.com.tw/Article/outing2003/0-103003.asp

晉雅芬（2007）。地鐵報「口味」怎樣調制——訪北京娛樂信報社社長畢昆，人民網，2007 年 12 月 9 日，取自於 http://media.people.com.cn/BIG5/40606/6586600.html

彭志平（2007）。游向藍海——北京第一家地鐵報誕生，中時電子報，2007 年 12 月 9 日，取自於 http://news.chinatimes.com/2007C[U2007Cti-News/2007Cti-News-Content/0,4521,110505+112007120100067,00.html

魏軼群（2007）。中國報紙型態演進規律，2007 年 10 月 20 日，取自於 http://press.gapp.gov.cn/news/wen.php?=news&aid+15065

蘋果的滋味（2007）。2007 年 10 月 20 日，取自於 http://ashaw.typepad.com/editor/files/Rn93B07.pdf

李鵬（2005）。大報「小報化」求生，2007 年 10 月 20 日，取自於 http://media.people.com.cn/GB/3887317.html

席玉虎（2006）。光明日報，2008 年 4 月 14 日，取自：http://www.gmw.cn/content/2006-12/21/content_520168.htm

中央社（2008）。紙漿飆漲－中國新聞紙價格漲幅創 5 年新高，中國人力網，2008 年 4 月 17 日，取自於 http://www.ctiOb.com.tw/EnterphsesNews/News.aspx!Articleld=5187

朱育達（2007）。攻佔捷運市場 Upaper、爽報較勁，2007 年 10 月 20 日，取自於 http://mol.mcu.edu.tw/show.php?nid=89816

附錄一

小型報十二組實驗版面

Fugitive ex-Hsinchu Council speaker returns

版面十
Skype大斷線 未通卻計費
昨晚通話品質尚未回復 擬延使用期或點數補償
酷爸蔣友柏 拿騖扭兒沒輒
兒子討玩具不成 當眾大哭 老婆報
范冰冰創業 力邀恩人劉雪華
連勝文護孕妻 樂當

版面一

Skype大斷線 未通卻計費

昨晚通話品質尚未回復 擬延使用期或點數補償

【記者王珮華／台北報導】知名網路電話軟體Skype，於16日起發生無法登入的故障狀況，Skype台灣代理商網路家庭（PChome online）昨天表示，截至昨天傍晚為止，已有5成用戶可以登入，目前該公司正與原廠針對付費用戶的補償方案進行討論，傾向以延長使用期間，或提供免費點數的方式進行補救。

在全球擁有2.2億個註冊用戶的Skype，自台灣時間16日晚間起，陸續傳出「無法登入」的問題，故障狀況隨著歐洲、美國上班時間開始而擴大蔓延，總部位於倫敦的Skype，在官方網站上公佈，Skype故障主要是軟體問題，預計12到24個小時修復。不過，截至昨晚，Skype登入狀況仍是時上時下，通話品質尚未回復正常。

網路家庭解釋，Skype並非不正常當機，也不是遭遇網路攻擊，故障原因是該軟體演算法問題，導致連線不穩定。Skype目前正儘快恢復正常登入與通話，其次才是擬定補償方案。

Skype在台灣共有六百萬個註冊會員，其中有六十萬個SkypeOut的付費帳號，針對付費會員的權益損失，Skype會進行補償。

網路家庭通訊應用服務部總監蔡文雄表示，十六日下午Skype發生狀況起，網路家庭已經接到上百通抱怨電話，網友除告知無法登入的狀況外，也有的因為通話品質不佳，計費系統卻繼續計費，造成權益損失，或者接通後無端被踢出，卻被計算接通費用，因此針對付費會員所造成的不便，Skype傾向進行補償。

蔡文雄表示，目前Skype付費會員類型分為以下幾類，一是一般購買點數的扣點用戶、月租型以通計費的SkypePro用戶，以及企業總管用戶，月租型用戶約八千戶，企業總管用戶有兩千戶，會有相對應的補償方案。

▲ 16日下午開始，skype（上）系統一直無法登入，台灣有600萬用戶受到影響，同時也擬定補償措施。　翻拍畫面

有相對應的補償方案。

Skype為全球最大的純軟體網路電話，2005年eBAY以21億美元併購。代理Skype的網路家庭，去年有3.5億元來自Skype業務，若以斷線一天計算，營業損失近百萬。

酷爸蔣友柏 拿彆扭兒沒輒

兒子討玩具不成 當眾大哭 老婆嚇傻

【記者林曉萍／台北報導】15日下午，記者目擊蔣友柏和林姮怡帶兒女現身台北101，昔日襁褓中的小玫瑰（蔣得曦），如今已4歲變成了「大玫瑰」，活潑好動的蔣得勇也成了「小酷哥」，一看到喜歡的東西，就吵著爸媽買給他。

他們先到「TOY　LAND」買了1隻Q版暴龍玩偶給兒子，在「代官山」填飽肚子後，再到「PAGE ONE」書店選購童書。小玫瑰乖巧懂事，和老爸大手牽浸淫書海，蔣得勇則是對看書半點興趣也沒有，即便林姮怡拿出恐龍玩具在他面前晃來晃去，仍不給老媽面子到處亂跑，還虧說：「馬麻（媽媽），這恐龍好可（恐）怖喔！」

結帳時，蔣得勇跟媽媽要玩具玩，媽媽沒理他，竟當眾號啕大哭2分鐘，嚇得林姮怡倒退三步，蔣友柏也拿兒子沒輒，只好裝傻忙掏錢包。對於周末帶妻小出遊，兒子鬧彆扭，蔣友柏維持一貫個性，昨透過橙果工作室表示：「私人的事情，不予回應。」

范冰冰創業 力邀恩人劉雪華

【記者徐志雄／台北報導】10年前，劉雪華主動要了范冰冰的照片，引介她拍攝瓊瑤的「還珠格格」，就此打開范冰冰星路；10年後，范冰冰自組工作室，推出的第1部電視劇「胭脂雪」，描寫一群貞節烈婦如何在傳統禮教中活出真我，劇中擁有貞節牌坊的大家長，范冰冰力邀劉雪華主演，她坦言：「我想要報恩。」

說到這段往事，劉雪華自己都不大記得了，她笑說：「當年我看過女孩頭髮長，眼睛大，是瓊瑤喜歡的典型，只是舉手之勞，不算什麼。」

不過范冰冰一直記著這事，她是15歲還在念書時在劉雪華與邵兵主演的「女強人」中軋一角，才拍了3天，而且跟劉雪華完全沒對到戲。熱愛表演的她因劉雪華的幫忙成了瓊瑤女星。

只不過，當時還發生了段小插曲，范冰冰原本要演格格「紫薇」，進劇組1周後卻通知她角色換成了Y環「金鎖」，她一時賭氣說不演了走人，劇組好言相勸了整整1個月，她才回頭來演。她笑說當時這個戲幾乎每天凌晨3時就要起來化粧，然後拍到深夜，但她咬牙忍下來，「沒辦法，那時候機會少，我覺得拍死也要來！」

10年變遷，范冰冰如今已是大陸一線女星，「胭脂雪」她還掛製片頭銜。劉雪華從女主角升格演媽媽、婆婆，她說：「最重要是有戲，角色無所謂，我也不可能再演18歲小姑娘。」演技精湛的她在劇組中人緣極佳，只是年輕時候她出名地愛搗亂，演哭戲時腳卻會去踢對手演員搞笑，現在不玩了，她笑說：「老了嘛，沒力氣玩了。」

▲　范冰冰（左）當年由劉雪華介紹給瓊瑤入行，為劇中的清秀佳人。

連勝文護孕妻 樂當開車小弟

【記者王雅蘭／台北報導】「蔡依珊懷孕、連勝文快當爸」幾乎已經是公開的秘密，小倆口日前外出與連戰夫婦吃大餐，連勝文充當老婆的保全兼司機。

1日連勝文夫妻與爸媽相約在離住處約300公尺的神旺飯店用餐，連勝文先出門開車，將車直接停在家門口，縮短老婆走路「曝光」時間，避免被跟拍，十分貼心。才剛有身孕，蔡依珊的身材並未嚴重走樣，原本有一雙電眼的她，當天電力稍弱。

連戰夫婦等人平時出入家門都有隨扈、司機在一旁，但連勝文夫妻的日常生活則很「平民」，夫妻出門由連勝文充當司機，凡事皆由老公來安排、照料。連勝文在老婆大人的面前，高大的連公子就像連小弟一般，昨日求證其好友李德維，他代為回答：「這沒什麼好回應的。」

▲　連勝文（上）獨自步出家門到停車場取車，貼心接老婆外出和公婆享用用餐。

3 欄+細圓+10pt

版面二

Skype大斷線 未通卻計費

昨晚通話品質尚未回復 擬延使用期或點數補償

【記者王珮華／台北報導】知名網路電話軟體Skype，於16日起發生無法登入的故障狀況，Skype台灣代理商網路家庭（PChome online）昨天表示，截至昨天傍晚爲止，已有5成用戶可以登入，目前該公司正與原廠針對付費用戶的補償方案進行討論，傾向以延長使用期間，或提供免費點數的方式進行補救。

在全球擁有2.2億個註冊用戶的Skype，自台灣時間16日晚間起，陸續傳出「無法登入」的問題，故障狀況隨著歐洲、美國上班時間開始而擴大蔓延，總部位於倫敦的Skype，在官方網站上公佈，Skype故障主要是軟體問題，預計12到24個小時修復。不過，截至昨晚，Skype登入狀況仍是時上時下，通話品質尚未回復正常。

網路家庭解釋，Skype並非不正常當機，也不是遭遇網路攻擊，故障原因是該軟體演算法問題，導致連線不穩定。Skype目前正儘快恢復正常登入與通話，其次才是擬定補償方案。

Skype在台灣共有六百萬個註冊會員，其中有六十萬個SkypeOut的付費帳號，針對付費會員的權益損失，Skype會進行補償。

▲ 16日下午開始，skype（上）系統一直無法登入，台灣有600萬用戶受到影響，同時也擬定補償措施。 翻拍畫面

網路家庭通訊應用服務部總監蔡文雄表示，十六日下午Skype發生狀況起，網路家庭已經接到上百通抱怨電話，網友除告知無法登入的狀況外，也有的因爲通話品質不佳，計費系統卻繼續計費，造成權益損失，或者接通後無端被踢出，卻被計算接通費用，因此針對付費會員所造成的不便，Skype傾向進行補償。

蔡文雄表示，目前Skype付費會員類型分爲以下幾類，一是一般購買點數的扣點用戶、月租型以通計費的SkypePro用戶，以及企業總管用戶，月租型用戶約八千戶，企業總管用戶有兩千戶，會有相對應的補償方案。

Skype爲全球最大的純軟體網路電話，2005年eBAY以21億美元併購。代理Skype的網路家庭，去年有3.5億元來自Skype業務，若以斷線一天計算，營業損失近百萬。

酷爸蔣友柏 拿彆扭兒沒輒

兒子討玩具不成 當眾大哭 老婆嚇傻

【記者林曉萍／台北報導】15日下午，記者目擊蔣友柏和林姮怡帶兒女現身台北101，昔日襁褓中的小玫瑰（蔣得曦），如今已4歲變成了「大玫瑰」，活潑好動的蔣得勇也成了「小酷哥」，一看到喜歡的東西，就吵著爸媽買給他。

他們先到「TOY LAND」買了1隻Q版暴龍玩偶給兒子，在「代官山」填飽肚子後，再到「PAGE ONE」書店選購童書。小玫瑰乖巧懂事，和老爸大手牽浸淫書海，蔣得勇則是對看書半點興趣也沒有，即使林姮怡拿出恐龍玩具在他面前晃來晃去，仍不給老媽面子到處亂跑，還斬說：「馬麻（媽媽），這恐龍好可（恐）怖喔！」

結帳時，蔣得勇跟媽媽要玩具玩，媽媽沒理他，竟當眾號啕大哭2分鐘，嚇得林姮怡倒退三步，蔣友柏也拿兒子沒輒，只好裝傻忙掏錢包。對於周末帶妻小出遊，兒子鬧彆扭，蔣友柏維持一貫個性，昨透過橙果工作室表示：「私人的事情，不予回應。」

連勝文護孕妻 樂當開車小弟

【記者王雅蘭／台北報導】「蔡依珊懷孕，連勝文快當爸」幾乎已經是公開的秘密，小倆口日前外出與連戰夫婦吃大餐，連勝文充當老婆的保全兼司機。

1日連勝文夫妻與爸媽相約在離住處約300公尺的神旺飯店用餐，連勝文先出門開車，將車直接停在家門口，縮短老婆走路「曝光」時間，避免被跟拍，十分貼心。才剛有身孕，蔡依珊的身材並未嚴重走樣，原本有一雙電眼的她，當天電力稍弱。

連戰夫婦等人平時出入家門都有隨扈、司機在一旁，但連勝文夫妻的日常生活則很「平民」，夫妻出門由連勝文充當司機，凡事皆由老公來安排、照料。連勝文在老婆大人的面前，高大的連公子就像連小弟一般，昨日求證其好友李德維，他代爲回答：「這沒什麼好回應的。」

▲ 連勝文（上）獨自步出家門到停車場取車，貼心接老婆外出和公婆享用用餐。

范冰冰創業 力邀恩人劉雪華

【記者徐志雄／台北報導】10年前，劉雪華主動要了范冰冰的照片，引介她拍攝瓊瑤的「還珠格格」，就此打開范冰冰星路；10年後，范冰冰自組工作室，推出的第1部電視劇「胭脂雪」，描寫一群貞節烈婦如何在傳統禮教中活出真我，劇中擁有貞節牌坊的大家長，范冰冰力邀劉雪華主演，她坦言：「我想要報恩。」

說到這段往事，劉雪華自己都不大記得了，她笑說：「當年我看這女孩頭髮長，眼睛大，是瓊瑤喜歡的典型，只是舉手之勞，不算什麼。」

不過范冰冰一直記著這事，她是15歲還在念書時在劉雪華與鄒兵主演的「女強人」中軋一角，才拍了3天，而且跟劉雪華完全沒對到戲。熱愛表演的她因劉雪華的幫忙成了瓊瑤女星。

只不過，當時還發生了段小插曲，范冰冰原本要演格格「紫薇」，進劇組1周後卻通知她角色換成了丫環「金鎖」，她一時賭氣說不演了走人，劇組好言相勸了整整1個月，她才回頭來演。她笑說當時這個戲幾乎每天凌晨3時就要起來化粧，然後拍到深夜，但她咬牙忍下來，「沒辦法，那時候機會少，我覺得拍死也要來！」

10年變遷，范冰冰如今已是大陸一線女星，「胭脂雪」她還掛製片頭銜。劉雪華從女主角升格演媽媽、婆婆，她說：「最重要是有戲，角色無所謂，我也不可能再演18歲小姑娘。」演技精湛的她在劇組中人緣極佳，只是年輕時候她出名地愛搗亂，演哭戲時腳卻會去踢對手演員搞笑，現在不玩了，她笑說：「老了嘛，沒力氣玩了。」

▲ 范冰冰（左）當年由劉雪華介紹給瓊瑤入行，為劇中的清秀佳人。

3欄+細明+10pt

版面三

Skype大斷線 未通卻計費

昨晚通話品質尚未回復 擬延使用期或點數補償

【記者王珮華／台北報導】知名網路電話軟體Skype，於16日起發生無法登入的故障狀況，Skype台灣代理商網路家庭（PChome online）昨天表示，截至昨天傍晚為止，已有5成用戶可以登入，目前該公司正與原廠針對付費用戶的補償方案進行討論，傾向以延長使用期間，或提供免費點數的方式進行補救。

全球擁有二點二億個註冊用戶的Skype，自台灣時間十六日晚間起，即陸續傳出「無法登入」的問題，故障狀況隨著歐洲、美國上班時間開始而擴大蔓延，總部位於倫敦的Skype，在官方網站上公佈，Skype故障主要是軟體問題，預計十二到二十四個小時修復。不過，截至昨晚，Skype登入狀況仍是時上時下，通話品質尚未回復正常。

網路家庭解釋，Skype並非不正常當機，也不是遭遇網路攻擊，故障原因應是該軟體演算法問題，導致連線不穩定。Skype目前正儘快恢復正常登入與通話，其次才是擬定補償方案。

Skype在台灣共有六百萬個註冊會員，其中有六十萬個SkypeOut的付費帳號，針對付費會員的權益損失，Skype會進行補償。

網路家庭通訊應用服務部總監蔡文雄表示，十六日下午Skype發生狀況起，網路家庭已經接到上百通抱怨電話，網友除告知無法登入的狀況外，也有的因為通話品質不佳，計費系統卻繼續計費，造成權益損失，因此針對付費會員所造成的不便，Skype傾向進行補償。

蔡文雄表示，目前Skype付費會員類型分為以下幾類，一是一般購買點數的扣點用戶、月租型以通計費的SkypePro用戶，以及企業總管用戶，月租型用戶約八千戶，企業總管用戶有兩千戶，會有相對應的補償方案。

Skype為全球最大的純軟體網路電話，二〇〇五年被eBAY以二十一億美元併購，根據Skype的統計，平均隨時在Skype上通話的人數都有五百萬人到六百萬人。代理Skype的網路家庭，去年有三點五億元來自Skype業務，若以斷線一天計算，營業損失近百萬元。

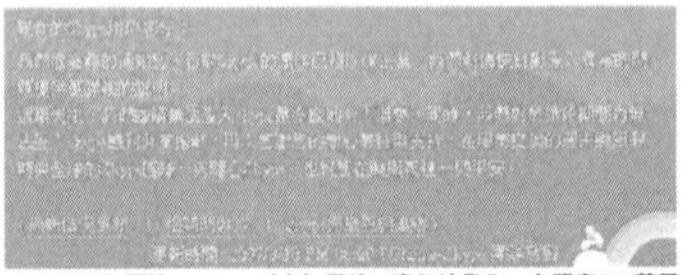

▲16日下午開始，skype（上）系統一直無法登入，台灣有600萬用戶受到影響，同時也擬定補償措施。 翻拍畫面

范冰冰創業 邀恩人劉雪華

當年配角「金鎖」如今投資9千萬拍戲

【記者徐志雄／台北報導】10年前，劉雪華主動要了范冰冰的照片，引介她拍攝瓊瑤的「還珠格格」，就此打開范冰冰星路；10年後，范冰冰自組工作室，推出的第1部電視劇「胭脂雪」，描寫一群貞節烈婦如何在傳統禮教中活出真我，劇中擁有貞節牌坊的大家長，范冰冰力邀劉雪華主演，她坦言：「我想要報恩。」

說到這段往事，劉雪華自己都不大記得了，她笑說：「當年我看這女孩頭髮長，眼睛大，正是瓊瑤喜歡的典型，只是舉手之勞推薦，不算什麼。」

不過范冰冰一直記著這事，她是15歲還在念書時在劉雪華與邵兵主演的「女強人」中軋一角，才拍3天，自跟劉雪華完全沒對到戲。熱愛表演的她因劉雪華幫忙成了瓊瑤女星，感激不在話下。

只不過，當時還發生了段小插曲，范冰冰原本要演格格「紫薇」，進劇組1周後卻通知她角色換成了Y環「金鎖」，她一時賭氣說不演了走人，劇組好言相勸了整整1個月，她才回頭來演。她笑說當時幾乎每天凌晨3時就要起來化粧，然後拍到深夜，但她咬牙忍下來。

10年變遷，范冰冰已是大陸一線女星，「胭脂雪」她還掛製片頭銜。劉雪華從女主角升格演媽媽、婆婆，她說：「最重要是有戲，角色無所謂，我也不可能再演18歲小姑娘。」演技精湛的她在各劇組中人緣都極佳，只是年輕時候她出了名地愛在拍戲時搗亂，演哭戲淚，腳卻會去踢對手演員搞笑，現在不玩了，她笑說：「老了，沒力氣玩了。」

◀范冰冰（左）當年由劉雪華介紹給瓊瑤入行，為劇中的清秀佳人。

酷爸蔣友柏 拿彆扭兒沒輒

兒子討玩具不成 當眾大哭 老婆嚇傻

【記者林曉萍／台北報導】15日下午，記者目擊蔣友柏和林姮怡夫婦帶兒女現身在台北101，昔日襁褓中的小玫瑰（蔣得曦），如今已4歲變成了「大玫瑰」，活潑好動的蔣得勇也成了「小酷哥」，一看到喜歡的東西，就吵著爸媽買給他。

他們先到「TOY　LAND」買了1隻0版暴龍玩偶給兒子，在「代官山」填飽肚子後，再到「PAGE ONE」書店選購童書。小玫瑰乖巧懂事，和老爸大手牽浸淫書海，蔣得勇則是對看書半點興趣也沒有，即使林姮怡拿出恐龍玩具在他面前晃來晃去，仍不給老媽面子到處亂跑，還虧說：「馬麻（媽媽），這恐龍好可（恐）怖喔！」

結帳時，蔣得勇跟媽媽要玩具玩，媽媽沒理他，竟當眾號啕大哭2分鐘，嚇得林姮怡倒退三步，蔣友柏也拿兒子沒輒，只好裝傻忙掏錢包。對於周末帶妻小出遊，兒子鬧彆扭，蔣友柏維持一貫個性，昨透過橙果工作室表示：「私人的事情，不予回應。」

連勝文護孕妻 樂當小弟

▲連勝文（上）步出家門到停車場取車，接老婆外出用餐。

【記者王雅蘭／台北報導】「蔡依珊懷孕、連勝文快當爸」幾已是公開的秘密，小倆口日前外出與連戰夫婦吃大餐，連勝文充當老婆的保全兼司機。

1日連勝文夫妻與爸媽相約離住處約300公尺的神旺飯店用餐，連勝文先出門開車，將車直接停在家門口，縮短老婆走路「曝光」時間，十分貼心。才剛有身孕，蔡依珊身材並未走樣，原本有一雙電眼的她，當天電力稍弱。

連戰等人出入都有隨扈、司機在一旁，但連勝文夫妻很「平民」，自行開車。在老婆大人面前，連公子就像連小弟，昨日求證其好友李德維，他代為回答：「這沒什麼好回應的。」

4 欄+細圓+10pt

版面四

Skype大斷線 未通卻計費

昨晚通話品質尚未回復 擬延使用期或點數補償

【記者王珮華／台北報導】知名網路電話軟體Skype，於16日起發生無法登入的故障狀況，Skype台灣代理商網路家庭（PChome online）昨天表示，截至昨天傍晚為止，已有5成用戶可以登入，目前該公司正與原廠針對付費用戶的補償方案進行討論，傾向以延長使用期間，或提供免費點數的方式進行補救。

全球擁有二點二億個註冊用戶的Skype，自台灣時間十六日晚間起，即陸續傳出「無法登入」的問題，故障狀況隨著歐洲、美國上班時間開始而擴大蔓延，總部位於倫敦的Skype，在官方網站上公佈，Skype故障主要是軟體問題，預計十二到二十四個小時修復，不過，截至昨晚，Skype登入狀況仍是時上時下，通話品質尚未回復正常。

網路家庭解釋，Skype並非不正常當機，也不是遭遇網路攻擊，故障原因應是該軟體演算法問題，導致連線不穩定。Skype目前正儘快恢復正常登入與通話，其次才是擬定補償方案。

Skype在台灣共有六百萬個註冊會員，其中有六十萬個SkypeOut的付費帳號，針對付費會員的權益損失，Skype會進行補償。

網路家庭通訊應用服務部總監蔡文雄表示，十六日下午Skype發生狀況起，網路家庭已經接到上百通抱怨電話，網友除告知無法登入的狀況外，也有的因為通話品質不佳，計費系統卻繼續計費，造成權益損失，因此針對付費會員所造成的不便，Skype傾向進行補償。

蔡文雄表示，目前Skype付費會員類型分為以下幾類，一是一般購買點數的扣點用戶、月租型以通計費的SkypePro用戶，以及企業總管用戶，月租型用戶約八千戶，企業總管用戶有兩千戶，會有相對應的補償方案。

Skype為全球最大的純軟體網路電話，二○○五年被eBAY以二十一億美元併購，根據Skype的統計，平均隨時在Skype上通話的人數都有五百萬人到六百萬人。代理Skype的網路家庭，去年有三點五億元來自Skype業務，若以斷線一天計算，營業損失近百萬元。

▲16日下午開始，skype（上）系統一直無法登入，台灣有600萬用戶受到影響，同時也擬定補償措施。 翻拍畫面

范冰冰創業 邀恩人劉雪華

當年配角「金鎖」 如今投資9千萬拍戲

【記者徐志雄／台北報導】10年前，劉雪華主動要了范冰冰的照片，引介她拍攝瓊瑤的「還珠格格」，就此打開范冰冰星路；10年後，范冰冰自組工作室，推出的第1部電視劇「胭脂雪」，描寫一群貞節烈婦如何在傳統禮教中活出真我，劇中擁有貞節牌坊的大家長，范冰冰力邀劉雪華主演，她坦言：「我想要報恩。」

說到這段往事，劉雪華自己都不太記得了，她笑說：「當年我看這女孩頭髮長，眼睛大，正是瓊瑤喜歡的典型，只是舉手之勞推薦，不算什麼。」

不過范冰冰一直記著這事，她是15歲還在念書時在劉雪華與鄔兵主演的「女強人」中軋一角，才拍3天，且跟劉雪華完全沒對到戲。熱愛表演的她因劉雪華幫忙成了瓊瑤女星，感激不在話下。

只不過，當時還發生了段小插曲，范冰冰原本要演格格「紫薇」，進劇組1周後卻通知她角色換成了丫環「金鎖」，她一時賭氣說不演了走人，劇組好言相勸了整整1個月，她才回頭來演。她笑說當時幾乎每天凌晨3時就要起來化粧，然後拍到深夜，但她咬牙忍下來。

10年變遷，范冰冰已是大陸一線女星，「胭脂雪」她還掛製片頭銜。劉雪華從女主角升格演媽媽、婆婆，她說：「最重要是有戲，角色無所謂，我也不可能再演18歲小姑娘。」演技精湛的她在各劇組中人緣都極佳，只是年輕時候她出了名地愛在拍戲時搗亂，演哭戲淚，腳卻會去踢對手演員搞笑，現在不玩了，她笑說：「老了，沒力氣玩了。」

◀范冰冰（左）當年由劉雪華介紹給瓊瑤入行，為劇中的清秀佳人。

酷爸蔣友柏 拿彆扭兒沒輒

兒子討玩具不成 當眾大哭 老婆嚇傻

【記者林曉萍／台北報導】15日下午，記者目擊蔣友柏和林姮怡夫婦帶兒女現身在台北101，昔日襁褓中的小玫瑰（蔣得曦），如今已4歲變成了「大玫瑰」，活潑好動的蔣得勇也成了「小酷哥」，一看到喜歡的東西，就吵著爸媽買給他。

他們先到「TOY LAND」買了1隻Q版暴龍玩偶給兒子，在「代官山」塡飽肚子後，再到「PAGE ONE」書店選購童書。小玫瑰乖巧懂事，和老爸大手牽沒淫書海，蔣得勇則是對看書半點興趣也沒有，即使林姮怡拿出恐龍玩具在他面前晃來晃去，仍不給老媽面子到處亂跑，還虧說：「馬麻（媽媽），這恐龍好可（恐）怖喔！」

結帳時，蔣得勇跟媽媽要玩具玩，媽媽沒理他，竟當眾號啕大哭2分鐘，嚇得林姮怡倒退三步，蔣友柏也拿兒子沒輒，只好裝傻忙掏錢包。對於周末帶妻小出遊，兒子鬧彆扭，蔣友柏維持一貫個性，昨透過橙果工作室表示：「私人的事情，不予回應。」

連勝文護孕妻 樂當小弟

▲連勝文（上）步出家門到停車場取車，接老婆外出用餐。

【記者王雅蘭／台北報導】「蔡依珊懷孕、連勝文快當爸」幾已是公開的秘密，小倆口日前外出與連戰夫婦吃大餐，連勝文充當老婆的保全兼司機。

1日連勝文夫妻與爸媽相約離住處約300公尺的神旺飯店用餐，連勝文先出門開車，將車直接停在家門口，縮短老婆走路「曝光」時間，十分貼心。才剛有身孕，蔡依珊身材並未走樣，原本有一雙電眼的她，當天電力稍弱。

連戰等人出入都有隨扈，司機在一旁，但連勝文夫妻很「平民」，自行開車。在老婆大人面前，連公子就像連小弟，昨日求證其好友李德維，他代為回答：「這沒什麼好回應的。」

4欄+細明+10pt

版面五

Skype大斷線 未通卻計費

昨晚通話品質尚未回復 擬延使用期或點數補償

【記者王珮華／台北報導】知名網路電話軟體Skype，於16日起發生無法登入的故障狀況，Skype台灣代理商網路家庭（PChome online）昨天表示，截至昨天傍晚為止，已有5成用戶可以登入，目前該公司正與原廠針對付費用戶的補償方案進行討論，傾向以延長使用期間，或提供免費點數的方式進行補救。

在全球擁有2.2億個註冊用戶的Skype，自台灣時間16日晚間起，陸續傳出「無法登入」的問題，故障狀況隨著歐洲、美國上班時間開始而擴大蔓延，總部位於倫敦的Skype，在官方網站上公佈，Skype故障主要是軟體問題，預計12到24個小時修復。不過，截至昨晚，Skype登入狀況仍是時上時下，通話品質尚未回復正常。

網路家庭解釋，Skype並非不正常當機，也不是遭遇網路攻擊，故障原因是該軟體演算法問題，導致連線不穩定。Skype目前正儘快恢復正常登入與通話，其次才是擬定補償方案。

Skype在台灣共有600萬個註冊會員，其中有60萬個SkypeOut的付費帳號，針對付費會員的權益損失，Skype會進行補償。

網路家庭通訊應用服務部總監蔡文雄表示，16日下午Skype發生狀況起，網路家庭已經接到上百通抱怨電話，網友除告知無法登入的狀況外，也有的因為通話品質不佳，計費系統卻繼續計費，造成權益損失，或者接通後無端被踢出，卻被計算接通費用，因此針對付費會員所造成的不便，Skype傾向進行補償。

蔡文雄表示，目前Skype付費會員類型分為以下幾類，一是一般購買點數的扣點用戶、月租型以通計費的SkypePro用戶，以及企業總管用戶，月租型用戶約8千戶，企業總管用戶有2千戶，會有相對應的補償方案。

Skype為全球最大的純軟體網路電話，2005年eBAY以21億美元併購。代理Skype的網路家庭，去年有3.5億元來自Skype業務，若以斷線一天計算，營業損失近百萬。

▲ 16日下午開始，skype（上）系統一直無法登入，台灣有600萬用戶受到影響，同時也擬定補償措施。 翻拍畫面

酷爸蔣友柏 拿彆扭兒沒輒

兒子討玩具不成 當眾大哭 老婆嚇傻

【記者林曉萍／台北報導】日下午，記者目擊蔣友柏和林姮怡夫婦帶兒女現身台北101，昔日襁褓中的小玫瑰（蔣得曦），如今已4歲變成了「大玫瑰」，活潑好動的蔣得勇也成了「小酷哥」，一看到喜歡的東西，就吵著爸媽買給他。

他們先到「TOY　LAND」買了1隻Q版暴龍玩偶給兒子，在「代官山」填飽肚子後，再到「PAGE　ONE」書店選購童書。小玫瑰乖巧懂事，和老爸大手牽漫淫書海，蔣得勇則是對看書半點興趣也沒有，即使林姮怡拿出恐龍玩具在他面前晃來晃去，仍不給老媽面子到處亂跑，還虧說：「馬麻（媽媽），這恐龍好可（恐）怖喔！」

結帳時，蔣得勇跟媽媽要玩具玩，媽媽沒理他，竟當眾號啕大哭2分鐘，嚇得林姮怡倒退三步，蔣友柏也拿兒子沒輒，只好裝傻忙掏錢包。對於周末帶妻小出遊，兒子鬧彆扭，蔣友柏維持一貫個性，昨透過橙果工作室表示：「私人的事情，不予回應。」

連勝文護孕妻 樂當開車小弟

【記者王雅蘭／台北報導】「蔡依珊懷孕、連勝文快當爸」幾已是公開的秘密，小倆口日前外出與連戰夫婦吃大餐，連勝文充當老婆的保全兼司機。

1日連勝文夫妻與爸媽相約離住處約300公尺的神旺飯店用餐，連勝文先出門開車，將車直接停在家門口，縮短老婆走路「曝光」時間，避免被跟拍，十分貼心。才剛有身孕，蔡依珊身材並未嚴重走樣，原本有一雙電眼的她，當天電力稍弱。

連戰夫婦等人平時出入家門都有隨扈、司機在一旁，但連勝文夫妻的日常生活則很「平民」，夫妻出門由連勝文充當司機，凡事皆由老公來安排、照料。連勝文在老婆大人的面前，高大的連公子就像連小弟一般，昨日求證其好友李德維，他代為回答：「這沒什麼好回應的。」

▲ 連勝文（上）獨自步出家門到停車場取車，貼心接老婆外出和公婆享用用餐。

范冰冰創業 力邀恩人劉雪華

【記者徐志雄／台北報導】10年前，劉雪華主動要范冰冰的照片，引介她拍攝瓊瑤的「還珠格格」，就此打開范冰冰星路；10年後，范冰冰自組工作室，推出第1部電視劇「胭脂雪」，描寫一群貞節烈婦如何在傳統禮教中活出真我，劇中擁有貞節牌坊的大家長，范冰冰邀劉雪華主演，她坦言：「我想要報恩。」

說到往事，劉雪華自己都不大記得，她笑說：「當年看到這女孩頭髮長，眼睛大，是瓊瑤喜歡的典型，只是推薦，不算什麼。」

不過范冰冰一直記著這事，她是15歲還在念書時在劉雪華與邵兵主演的「女強人」中軋一角，才拍3天，且跟劉雪華完全沒對到戲。熱愛表演的她因劉雪華幫忙成了瓊瑤女星，感激不在話下。

只不過，當時還發生了段小插曲，范冰冰原本要演「紫薇」，進劇組1周後卻通知她角色換成了Y環「金鎖」，她一時賭氣說不演了走人，後來劇組好言相勸了整整1個月，她才回頭來演。

10年變遷，范冰冰如今已是大陸一線女星，「胭脂雪」她還掛製片頭銜。劉雪華從女主角升格演媽媽、婆婆，她說：「最重要是有戲，角色無所謂，我也不可能再演18歲小姑娘。」演技精湛個性又開朗的她，在各劇組中人緣極佳，只是年輕時她出了名地愛搗亂，演哭戲淚流滿面，腳卻會去踢對手演員搞笑，現在不玩了，她笑著說：「老了嘛，沒力氣玩了。」

▲ 范冰冰（左）當年由劉雪華介紹給瓊瑤入行，為劇中的清秀佳人。

3欄+細圓+10.5pt

版面六

Skype大斷線 未通卻計費

昨晚通話品質尚未回復 擬延使用期或點數補償

【記者王珮華／台北報導】知名網路電話軟體Skype，於16日起發生無法登入的故障狀況，Skype台灣代理商網路家庭（PChome online）昨天表示，截至昨天傍晚爲止，已有5成用戶可以登入，目前該公司正與原廠針對付費用戶的補償方案進行討論，傾向以延長使用期間，或提供免費點數的方式進行補救。

在全球擁有2.2億個註冊用戶的Skype，自台灣時間16日晚間起，陸續傳出「無法登入」的問題，故障狀況隨著歐洲、美國上班時間開始而擴大蔓延，總部位於倫敦的Skype，在官方網站上公佈，Skype故障主要是軟體問題，預計12到24個小時修復。不過，截至昨晚，Skype登入狀況仍是時上時下，通話品質尚未回復正常。

網路家庭解釋，Skype並非不正常當機，也不是遭遇網路攻擊，故障原因是該軟體演算法問題，導致連線不穩定。Skype目前正儘快恢復正常登入與通話，其次才是擬定補償方案。

Skype在台灣共有600萬個註冊會員，其中有60萬個SkypeOut的付費帳號，針對付費會員的權益損失，Skype會進行補償。

網路家庭通訊應用服務部總監蔡文雄表示，16日下午Skype發生狀況起，網路家庭已經接到上百通抱怨電話，網友除告知無法登入的狀況外，也有的因爲通話品質不佳，計費系統卻繼續計費，造成權益損失，或者接通後無端被踢出，卻被計算接通費用，因此針對付費會員所造成的不便，Skype傾向進行補償。

蔡文雄表示，目前Skype付費會員類型分爲以下幾類，一是一般購買點數的扣點用戶、月租型以通計費的SkypePro用戶，以及企業總管用戶，月租型用戶約8千戶，企業總管用戶有2千戶，會有相對應的補償方案。

Skype爲全球最大的純軟體網路電話，2005年eBAY以21億美元併購。代理Skype的網路家庭，去年有3.5億元來自Skype業務，若以斷線一天計算，營業損失近百萬。

▲ 16日下午開始，skype（上）系統一直無法登入，台灣有600萬用戶受到影響，同時也擬定補償措施。　翻拍畫面

酷爸蔣友柏 拿彆扭兒沒輒

兒子討玩具不成 當眾大哭 老婆嚇傻

【記者林曉萍／台北報導】日下午，記者目擊蔣友柏和林姮怡夫婦帶兒女現身台北101，昔日襁褓中的小玫瑰（蔣得曦），如今已4歲變成了「大玫瑰」，活潑好動的蔣得勇也成了「小酷哥」，一看到喜歡的東西，就吵著爸媽買給他。

他們先到「TOY LAND」買了1隻Q版暴龍玩偶給兒子，在「代官山」塡飽肚子後，再到「PAGE ONE」書店選購童書。小玫瑰乖巧懂事，和老爸大手牽浸淫書海，蔣得勇則是對看書半點興趣也沒有，即使林姮怡拿出恐龍玩具在他面前晃來晃去，仍不給老媽面子到處亂跑，還虧說：「馬麻（媽媽），這恐龍好可（恐）怖喔！」

結帳時，蔣得勇跟媽媽要玩具玩，媽媽沒理他，竟當眾號啕大哭2分鐘，嚇得林姮怡倒退三步，蔣友柏也拿兒子沒輒，只好裝傻忙掏錢包。對於周末帶妻小出遊，兒子鬧彆扭，蔣友柏維持一貫個性，昨透過橙果工作室表示：「私人的事情，不予回應。」

連勝文護孕妻 樂當開車小弟

【記者王雅蘭／台北報導】「蔡依珊懷孕、連勝文快當爸」幾已是公開的秘密，小倆口日前外出與連戰夫婦吃大餐，連勝文充當老婆的保全兼司機。

1日連勝文夫妻與爸媽相約離住處約300公尺的神旺飯店用餐，連勝文先出門開車，將車直接停在家門口，縮短老婆走路「曝光」時間，避免被跟拍，十分貼心。才剛有身孕，蔡依珊身材並未嚴重走樣，原本有一雙電眼的她，當天電力稍弱。

連戰夫婦等人平時出入家門都有隨扈、司機在一旁，但連勝文夫妻的日常生活則很「小民」，夫妻出門由連勝文充當司機，凡事皆由老公來安排、照料。連勝文在老婆大人的面前，高大的連公子就像連小弟一般，昨日求證其好友李德維，他代爲回答：「這沒什麼好回應的。」

▲ 連勝文（上）獨自步出家門到停車場取車，貼心接老婆外出和公婆享用用餐。

范冰冰創業 力邀恩人劉雪華

【記者徐志雄／台北報導】10年前，劉雪華主動要范冰冰的照片，引介她拍攝瓊瑤的「還珠格格」，就此打開范冰冰星路；10年後，范冰冰自組工作室，推出第1部電視劇「胭脂雪」，描寫一群貞節烈婦如何在傳統禮教中活出真我，劇中擁有貞節牌坊的大家長，范冰冰邀劉雪華主演，她坦言：「我想要報恩。」

說到往事，劉雪華自已都不大記得，她笑說：「當年看到這女孩頭髮長，眼睛大，是瓊瑤喜歡的典型，只是推薦，不算什麼。」

不過范冰冰一直記著這事，她是15歲還在念書時在劉雪華與郎兵主演的「女強人」中軋一角，才拍3天，且跟劉雪華完全沒對到戲。熱愛表演的她因劉雪華幫忙成了瓊瑤女星，感激不在話下。

只不過，當時還發生了段小插曲，范冰冰原本要演「紫薇」，進劇組1周後卻通知她角色換成了Y環「金鎖」，她一時賭氣說不演了走人，後來劇組好言相勸了整整1個月，她才回頭來演。

10年變遷，范冰冰如今已是大陸一線女星，「胭脂雪」她還掛製片頭銜。劉雪華從女主角升格演媽媽、婆婆，她說：「最重要是有戲，角色無所謂，我也不可能再演18歲小姑娘。」演技精湛個性又開朗的她，在各劇組中人緣極佳，只是年輕時她出了名地愛搞亂，演哭戲淚流滿面，腳卻會去踢對手演員搞笑，現在不玩了，她笑著說：「老了嘛，沒力氣玩了。」

▲ 范冰冰（左）當年由劉雪華介紹給瓊瑤入行，為劇中的清秀佳人。

3 欄+細明+10.5pt

版面七

Skype大斷線 未通卻計費

昨晚通話品質尚未回復 擬延使用期或點數補償

【記者王珮華／台北報導】知名網路電話軟體Skype，於16日起發生無法登入的故障狀況，Skype台灣代理商網路家庭（PChome online）昨天表示，截至昨天傍晚為止，已有5成用戶可以登入，目前該公司正與原廠針對付費用戶的補償方案進行討論，傾向以延長使用期間，或提供免費點數的方式進行補救。

在全球擁有2.2億個註冊用戶的Skype，自台灣時間16日晚間起，陸續傳出「無法登入」的問題，故障狀況隨著歐洲、美國上班時間開始而擴大蔓延，總部位於倫敦的Skype，在官方網站上公佈，Skype故障主要是軟體問題，預計12到24個小時修復。不過，截至昨晚，Skype登入狀況仍是時上時下，通話品質尚未回復正常。

網路家庭解釋，Skype並非不正常當機，也不是遭遇網路攻擊，故障原因是該軟體演算法問題，導致連線不穩定。Skype目前正儘快恢復正常登入與通話，其次才是擬定補償方案。

Skype在台灣共有600萬個註冊會員，其中有60萬個SkypeOut的付費帳號，針對付費會員的權益損失，Skype會進行補償。

網路家庭通訊應用服務部總監蔡文雄表示，16日下午Skype發生狀況起，網路家庭已經接到上百通抱怨電話，網友除告知無法登入的狀況外，也有的因為通話品質不佳，計費系統卻繼續計費，造成權益損失，或者接通後無端被踢出，卻被計算接通費用，因此針對付費會員所造成的不便，Skype傾向進行補償。

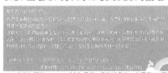

▲16日下午開始，skype（上）系統一直無法登入，台灣有600萬用戶受到影響，同時也擬定補償措施。 翻拍畫面

蔡文雄表示，目前Skype付費會員類型分為以下幾類，一是一般購買點數的扣點用戶、月租型以通計費的SkypePro用戶，以及企業總管用戶，月租型用戶約8千戶，企業總管用戶有2千戶，會有相對應的補償方案。

Skype為全球最大的純軟體網路電話，2005年eBAY以21億美元併購。代理Skype網路家庭，去年有3.5億元來自Skype業務，若以斷線一天計算，營業損失近百萬。

范冰冰創業 邀恩人劉雪華

當年配角「金鎖」 如今投資9千萬拍戲

【記者徐志雄／台北報導】10年前，劉雪華主動要了范冰冰的照片，引介她拍攝瓊瑤的「還珠格格」，就此打開范冰冰星路；10年後，范冰冰自組工作室，推出的第1部電視劇「胭脂雪」，描寫一群貞節烈婦如何在傳統禮教中活出真我，劇中擁有貞節牌坊的大家長，范冰冰力邀劉雪華主演，她坦言：「我想要報恩。」

說到這段往事，劉雪華自己都不大記得了，她笑說：「當年我看這女孩頭髮長，眼睛大，正是瓊瑤喜歡的典型，只是舉手之勞推薦，不算什麼。」

不過范冰冰一直記著這事，她是15歲還在念書時在劉雪華與邵兵主演的「女強人」中軋一角，才拍3天，且跟劉雪華完全沒對到戲。熱愛表演的她因劉雪華幫忙成了瓊瑤女星，感激不在話下。

只不過，當時還發生了段小插曲，范冰冰原本要演「紫薇」，進劇組1周後卻通知她角色換成了丫環「金鎖」，她一時賭氣說不演了走人，後來劇組好言相勸了整整1個月，她才回頭來演。

10年變遷，范冰冰如今已是大陸一線女星，「胭脂雪」她還掛製片頭銜。劉雪華從女主角升格演媽媽、婆婆，她說：「最重要是有戲，角色無所謂，我也不可能再演18歲小姑娘。」演技精湛個性又開朗的她，在各劇組中人緣極佳，只是年輕時她出了名地愛搗亂，演哭戲淚流滿面，腳卻會去踢對手演員搞笑，現在不玩了，她笑著說：「老了嘛，沒力氣玩了。」

◄范冰冰（左）當年由劉雪華介紹給瓊瑤入行，為劇中的清秀佳人。

酷爸蔣友柏 拿彆扭兒沒輒

兒子討玩具不成 當眾大哭 老婆嚇傻

【記者林曉萍／台北報導】3日下午，記者目擊蔣友柏和林姮怡帶兒女現身台北101，昔日襁褓中的小玫瑰（蔣得曦），如今已4歲變成了「大玫瑰」，活潑好動的蔣得勇也成了「小酷哥」，一看到喜歡的東西，就吵著爸媽買給他。

他們先到「TOY　LAND」買了1隻Q版暴龍玩偶給兒子，在「代官山」填飽肚子後，再到「PAGE ONE」書店買童書。小玫瑰乖巧懂事，和老爸大手牽沉浸書海，蔣得勇則是對看書半點興趣也沒有，即使林姮怡拿出恐龍玩具在他面前晃來晃去，仍不給老媽面子到處亂跑，還虧說：「媽媽，這恐龍好恐怖喔！」

結帳時，蔣得勇跟媽媽要玩具，媽媽不理，竟當眾號啕大哭2分鐘，嚇得林姮怡倒退三步，蔣友柏也拿兒子沒輒，只好裝傻忙掏錢包。對於周末帶妻小出遊，兒子鬧彆扭，蔣友柏維持一貫個性，昨透過橙果工作室表示：「私人的事情，不予回

連勝文護孕妻 樂當小弟

▲連勝文（上）步出家門到停車場取車，接老婆外出用餐。

【記者王雅蘭／台北報導】「蔡依珊懷孕、連勝文快當爸」幾已是公開的秘密，小倆口日前外出與連戰夫婦吃大餐，連勝文充當老婆的保全兼司機。

1日連勝文夫妻與爸媽相約離住處約300公尺的神旺飯店用餐，連勝文先出門開車，將車直接停在家門口，縮短老婆走路「曝光」時間，十分貼心。才剛有身孕，蔡依珊身材並未走樣，原本有一雙電眼的她，當天電力稍弱。

連戰等人出入都有隨扈、司機在一旁，但連勝文夫妻很「平民」，自行開車。在老婆大人面前，連公子就像連小弟，昨日求證其好友李德維，他代為回答：「這沒什麼好回應的。」

4欄+細圓+10.5pt

版面八

Skype大斷線 未通卻計費

昨晚通話品質尚未回復 擬延使用期或點數補償

【記者王珮華／台北報導】知名網路電話軟體Skype，於16日起發生無法登入的故障狀況，Skype台灣代理商網路家庭（PChome online）昨天表示，截至昨天傍晚為止，已有5成用戶可以登入，目前該公司正與原廠針對付費用戶的補償方案進行討論，傾向以延長使用期間，或提供免費點數的方式進行補救。

在全球擁有2.2億個註冊用戶的Skype，自台灣時間16日晚間起，陸續傳出「無法登入」的問題，故障狀況隨著歐洲、美國上班時間開始而擴大蔓延，總部位於倫敦的Skype，在官方網站上公佈，Skype故障主要是軟體問題，預計12到24個小時修復。不過，截至昨晚，Skype登入狀況仍是時上時下，通話品質尚未回復正常。

網路家庭解釋，Skype並非不正常當機，也不是遭遇網路攻擊，故障原因是該軟體演算法問題，導致連線不穩定。Skype目前正儘快恢復正常登入與通話，其次才是擬定補償方案。

Skype在台灣共有600萬個註冊會員，其中有60萬個SkypeOut的付費帳號，針對付費會員的權益損失，Skype會進行補償。

網路家庭通訊應用服務部總監蔡文雄表示，16日下午Skype發生狀況起，網路家庭已經接到上百通抱怨電話，網友除告知無法登入的狀況外，也有的因為通話品質不佳，計費系統卻繼續計費，造成權益損失，或者接通後無端被踢出，卻被計算接通費用，因此針對付費會員所造成的不便，Skype傾向進行補償。

▲16日下午開始，skype（上）系統一直無法登入，台灣有600萬用戶受到影響，同時也擬定補償措施。 翻拍畫面

蔡文雄表示，目前Skype付費會員類型分為以下幾類，一是一般購買點數的扣點用戶，月租型以通計費的SkypePro用戶，以及企業總管用戶，月租型用戶約8千戶，企業總管用戶有2千戶，會有相對應的補償方案。

Skype為全球最大的純軟體網路電話，2005年eBAY以21億美元併購。代理Skype網路家庭，去年有3.5億元來自Skype業務，若以斷線一天計算，營業損失近百萬。

范冰冰創業 邀恩人劉雪華

當年配角「金鎖」 如今投資9千萬拍戲

【記者徐志雄／台北報導】10年前，劉雪華主動要了范冰冰的照片，引介她拍攝瓊瑤的「還珠格格」，就此打開范冰冰星路；10年後，范冰冰自組工作室，推出的第1部電視劇「胭脂雪」，描寫一群貞節烈婦如何在傳統禮教中活出真我，劇中擁有貞節牌坊的大家長，范冰冰力邀劉雪華主演，她坦言：「我想要報恩。」

說到這段往事，劉雪華自己都不大記得了，她笑說：「當年我看這女孩頭髮長，眼睛大，正是瓊瑤喜歡的典型，只是舉手之勞推薦，不算什麼。」

不過范冰冰一直記著這事，她是15歲還在念書時在劉雪華與鄢兵主演的「女強人」中軋一角，才拍3天，且跟劉雪華完全沒對到戲。熱愛表演的她因劉雪華幫忙成了瓊瑤女星，感激不在話下。

只不過，當時還發生了段小插曲，范冰冰原本要演「紫薇」，進劇組1周後卻通知她角色換成了丫環「金鎖」，她一時賭氣說不演了走人，後來劇組好言相勸了整整1個月，她才回頭來演。

10年變遷，范冰冰如今已是大陸一線女星，「胭脂雪」她還掛製片頭銜。劉雪華從女主角升格演媽媽、婆婆，她說：「最重要是有戲，角色無所謂，我也不可能再演18歲小姑娘。」演技精湛個性又開朗的她，在各劇組中人緣極佳，只是年輕時她出了名地愛搗亂，演哭戲淚流滿面，腳卻會去踢對手演員搞笑，現在不玩了，她笑著說：「老了嘛，沒力氣玩了。」

◀范冰冰（左）當年由劉雪華介紹給瓊瑤入行，為劇中的清秀佳人。

酷爸蔣友柏 拿彆扭兒沒輒

兒子討玩具不成 當眾大哭 老婆嚇傻

【記者林曉萍／台北報導】3日下午，記者目擊蔣友柏和林姮怡帶兒女現身台北101，背巾襁褓中的小玫瑰（蔣得曦），如今已4歲變成了「大玫瑰」，活潑好動的蔣得勇也成了「小酷哥」，一看到喜歡的東西，就吵著爸媽買給他。

他們先到「TOY LAND」買了1隻Q版暴龍玩偶給兒子，在「代官山」填飽肚子後，再到「PAGE ONE」書店買童書。小玫瑰乖巧懂事，和老爸大手牽沉浸書海，蔣得勇則是對看書半點興趣也沒有，即使林姮怡拿出恐龍玩具在他面前晃來晃去，仍不給老媽面子到處亂跑，還嚷說：「媽媽，這恐龍好恐怖喔！」

結帳時，蔣得勇跟媽媽要玩具，媽媽不理，竟當眾號啕大哭2分鐘，嚇得林姮怡倒退三步，蔣友柏也拿兒子沒輒，只好裝傻忙掏錢。對於周末帶妻小出遊，兒子鬧彆扭，蔣友柏維持一貫個性，昨透過橙果工作室表示：「私人的事情，不予回應。」

連勝文護孕妻 樂當小弟

▲連勝文（上）步出家門到停車場取車，接老婆外出用餐。

【記者王雅蘭／台北報導】「蔡依珊懷孕、連勝文快當爸」幾已是公開的秘密，小倆口日前外出與連戰夫婦吃大餐，連勝文充當老婆的保全兼司機。

1日連勝文夫妻與爸媽相約離住處約300公尺的神旺飯店用餐，連勝文先出門開車，將車直接停在家門口，縮短老婆走路「曝光」時間，十分貼心。才剛有身孕，蔡依珊身材並未走樣，原本有一雙電眼的她，當天電力稍弱。

連戰等人出入都有隨扈、司機在一旁，但連勝文夫妻很「平民」，自行開車。在老婆大人面前，連公子就像連小弟，昨日求證其好友李德維，他代為回答：「還沒什麼好回應的。」

4 欄+細明+10.5pt

版面九

Skype大斷線 未通卻計費

昨晚通話品質尚未回復 擬延使用期或點數補償

【記者王珮華／台北報導】知名網路電話軟體Skype，於16日起發生無法登入的故障狀況，Skype台灣代理商網路家庭（PChome online）昨天表示，截至昨天傍晚為止，已有5成用戶可以登入，該公司正與原廠針對付費用戶的補償方案進行討論，傾向以延長使用期間，或提供免費點數的方式補救。

在全球擁有2.2億個註冊用戶的Skype，自台灣時間16日晚間起，陸續傳出「無法登入」的問題，故障狀況隨著歐洲、美國上班時間開始而擴大蔓延，總部位於倫敦的Skype，在官方網站上公佈，Skype故障主要是軟體問題，預計12到24個小時修復。不過，截至昨晚，Skype登入狀況仍是時上時下，通話品質尚未回復正常。

網路家庭解釋，Skype並非不正常當機，也不是遭遇網路攻擊，故障原因是該軟體演算法問題，導致連線不穩定。Skype目前正儘快恢復正常登入，再擬定補償方案。

Skype在台灣共600萬個註冊會員，其中有60萬個SkypeOut的付費帳號，針對付費會員的權益損失，Skype會進行補償。

網路家庭通訊應用服務部總監蔡文雄表示，16日下午Skype發生狀況起，網路家庭已經接到上百通抱怨電話，網友除告知無法登入的狀況外，也有的因為通話品質不佳，計費系統卻繼續計費，造成權益損失，或者接通後無端被踢出，卻被計算接通費用，因此針對付費會員所造成的不便，Skype傾向進行補償。

蔡文雄表示，目前Skype付費會員類型分為以下幾類，一是一般購買點數的扣點用戶、月租型以通計費的SkypePro用戶，以及企業總管用戶，月租型用戶約8千戶，企業總管用戶有2千戶，會有補償的方案。

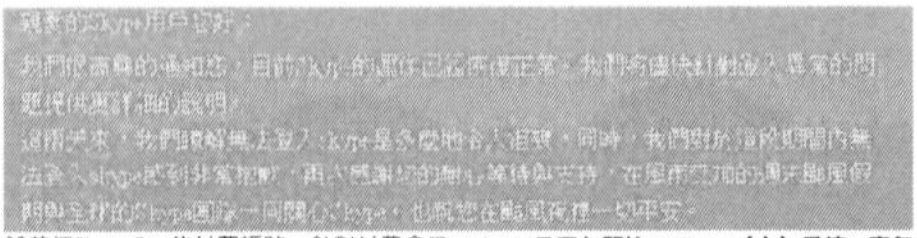

▲ 16日下午開始，skype（上）系統一直無法登入，台灣有600萬用戶受到影響，同時也擬定補償措施。 翻拍畫面

Skype為全球最大的純軟體網路電話，2005年eBAY以21億美元併購。代理Skype的網路家庭，去年有3.5億元來自Skype業務，若以斷線一天計算，營業損失近百萬。

酷爸蔣友柏 拿彆扭兒沒輒

兒子討玩具不成 當眾大哭 老婆嚇傻

【記者林曉萍／台北報導】日下午，記者目擊蔣友柏和林姮怡帶兒女現身台北101，昔日襁褓中的小玫瑰（蔣得曦），如今已4歲變成了「大玫瑰」，活潑好動的蔣得勇也成了「小酷哥」，一看到喜歡的東西，就吵著爸媽買給他。

他們先到「TOY LAND」買了1隻Q版暴龍玩偶給兒子，在「代官山」填飽肚子後，再到「PAGE ONE」書店選購童書。小玫瑰乖巧懂事，和老爸大手牽漫淫書海，蔣得勇則是對看書半點興趣也沒有，即使林姮怡拿出恐龍玩具在他面前晃來晃去，仍不給老媽面子到處亂跑，還虧說：「馬麻（媽媽），這恐龍好可（恐）怖喔！」

結帳時，蔣得勇跟媽媽要玩具玩，媽媽沒理他，竟當眾號啕大哭2分鐘，嚇得林姮怡倒退三步，蔣友柏也拿兒子沒輒，只好裝傻忙掏錢包。對於周末帶妻小出遊，兒子鬧彆扭，蔣友柏維持一貫個性，昨透過橙果工作室表示：「私人的事情，不予回應。」

連勝文護孕妻 樂當開車小弟

【記者王雅蘭／台北報導】「蔡依珊懷孕了、連勝文快當爸」幾乎已是公開的秘密，小倆口日前外出與連戰夫婦吃大餐，連勝文充當老婆的保全兼司機。

1日連勝文夫妻與爸媽相約離住處約300公尺的神旺飯店用餐，連勝文先出門開車，將車直接停在家門口，縮短老婆走路「曝光」時間，避免被跟拍，十分貼心。才剛有身孕，蔡依珊身材並未嚴重走樣，原本有一雙電眼的她，當天電力稍弱。

連戰夫婦等人平時出入家門都有隨扈、司機在一旁，但連勝文夫妻的日常生活則很「平民」，夫妻出門由連勝文充當司機，凡事皆由老公來安排、照料。連勝文在老婆大人的面前，高大的連公子就像連小弟一般，昨日求證其好友李德維，他代為回答：「這沒什麼好回應的。」

▲ 連勝文（上）獨自步出家門到停車場取車，貼心接老婆外出和公婆享用用餐。

范冰冰創業 力邀恩人劉雪華

【記者徐志雄／台北報導】10年前，劉雪華主動要范冰冰的照片，引介她拍攝瓊瑤的「還珠格格」，就此打開范冰冰星路；10年後，范冰冰自組工作室，推出第1部電視劇「胭脂雪」，描寫一群貞節烈婦如何在傳統禮教中活出真我，劇中擁有貞節牌坊的大家長，范冰冰邀劉雪華主演，她坦言：「我想要報恩。」

說到往事，劉雪華自己都不大記得，她笑說：「當年看到這女孩頭髮長，眼睛大，是瓊瑤喜歡的典型，只是推薦，不算什麼。」

不過范冰冰一直記著這事，她是15歲還在念書時在劉雪華與邵兵主演的「女強人」中軋一角，才拍3天，且跟劉雪華完全沒對到戲。熱愛表演的她因劉雪華幫忙成了瓊瑤女星，感激不在話下。

只不過，當時還發生了段小插曲，范冰冰原本要演「紫薇」，進劇組1周後卻通知她角色換成了丫環「金鎖」，她一時賭氣說不演了走人，後來劇組好言相勸了整整1個月，她才回頭來演。

10年變遷，范冰冰如今已是大陸一線女星，「胭脂雪」她還掛製片頭銜。劉雪華從女主角升格演媽媽、婆婆，她說：「最重要是有戲，角色無所謂，我也不可能再演18歲小姑娘。」演技精湛個性又開朗的她，在各劇組中人緣極佳，只是年輕時她出了名地愛搗亂，演哭戲淚流滿面，腳卻會去踢對手演員搞笑，現在不玩了，她笑著說：「老了嘛，沒力氣玩了。」

▲ 范冰冰（左）當年由劉雪華介紹給瓊瑤入行，為劇中的清秀佳人。

3 欄+細圓+11pt

版面十

Skype大斷線 未通卻計費

昨晚通話品質尚未回復 擬延使用期或點數補償

【記者王珮華／台北報導】知名網路電話軟體Skype，於16日起發生無法登入的故障狀況，Skype台灣代理商網路家庭（PChome online）昨天表示，截至昨天傍晚爲止，已有5成用戶可以登入，該公司正與原廠針對付費用戶的補償方案進行討論，傾向以延長使用期間，或提供免費點數的方式補救。

在全球擁有2.2億個註冊用戶的Skype，自台灣時間16日晚間起，陸續傳出「無法登入」的問題，故障狀況隨著歐洲、美國上班時間開始而擴大蔓延，總部位於倫敦的Skype，在官方網站上公佈，Skype故障主要是軟體問題，預計12到24個小時修復。不過，截至昨晚，Skype登入狀況仍是時上時下，通話品質尚未回復正常。

網路家庭解釋，Skype並非不正常當機，也不是遭遇網路攻擊，故障原因是該軟體演算法問題，導致連線不穩定。Skype目前正儘快恢復正常登入，再擬定補償方案。

▲ 16日下午開始，skype（上）系統一直無法登入，台灣有600萬用戶受到影響，同時也擬定補償措施。　翻拍畫面

Skype在台灣共600萬個註冊會員，其中有60萬個SkypeOut的付費帳號，針對付費會員的權益損失，Skype會進行補償。

網路家庭通訊應用服務部總監蔡文雄表示，16日下午Skype發生狀況起，網路家庭已經接到上百通抱怨電話，網友除告知無法登入的狀況外，也有的因爲通話品質不佳，計費系統卻繼續計費，造成權益損失，或者接通後無端被踢出，卻被計算接通費用，因此針對付費會員所造成的不便，Skype傾向進行補償。

蔡文雄表示，目前Skype付費會員類型分爲以下幾類，一是一般購買點數的扣點用戶、月租型以通計費的SkypePro用戶，以及企業總管用戶，月租型用戶約8千戶，企業總管用戶有2千戶，會有補償的方案。

Skype爲全球最大的純軟體網路電話，2005年eBAY以21億美元併購。代理Skype的網路家庭，去年有3.5億元來自Skype業務，若以斷線一天計算，營業損失近百萬。

酷爸蔣友柏 拿彆扭兒沒輒

兒子討玩具不成 當眾大哭 老婆嚇傻

【記者林曉萍／台北報導】日下午，記者目擊蔣友柏和林姮怡帶兒女現身台北101，昔日襁褓中的小玫瑰（蔣得曦），如今已4歲變成了「大玫瑰」，活潑好動的蔣得勇也成了「小酷哥」，一看到喜歡的東西，就吵著爸媽買給他。

他們先到「TOY LAND」買了1隻Q版暴龍玩偶給兒子，在「代官山」塡飽肚子後，再到「PAGE ONE」書店選購童書。小玫瑰乖巧懂事，和老爸大手牽浸淫書海，蔣得勇則是對看書半點興趣也沒有，即使林姮怡拿出恐龍玩具在他面前晃來晃去，仍不給老媽面子到處亂跑，還虧說：「馬麻（媽媽），這恐龍好可（恐）怖喔！」

結帳時，蔣得勇跟媽媽要玩具玩，媽媽沒理他，竟當眾號啕大哭2分鐘，嚇得林姮怡倒退三步，蔣友柏也拿兒子沒輒，只好裝傻忙掏錢包。對於周末帶妻小出遊，兒子鬧彆扭，蔣友柏維持一貫個性，昨透過橙果工作室表示：「私人的事情，不予回應。」

連勝文護孕妻 樂當開車小弟

【記者王雅蘭／台北報導】「蔡依珊懷孕了、連勝文快當爸」幾乎已是公開的秘密，小倆口日前外出與連戰夫婦吃大餐，連勝文充當老婆的保全兼司機。

1日連勝文夫妻與爸媽相約離住處約300公尺的神旺飯店用餐，連勝文先出門開車，將車直接停在家門口，縮短老婆走路「曝光」時間，避免被跟拍，十分貼心。才剛有身孕，蔡依珊身材並未嚴重走樣，原本有一雙電眼的她，當天電力稍弱。

連戰夫婦等人平時出入家門都有隨扈、司機在一旁，但連勝文夫妻的日常生活則很「平民」，夫妻出門由連勝文充當司機，凡事皆由老公來安排、照料。連勝文在老婆大人的面前，高大的連公子就像連小弟一般，昨日求證其好友李德維，他代爲回答：「這沒什麼好回應的。」

▲ 連勝文（上）獨自步出家門到停車場取車，貼心接老婆外出和公婆享用用餐。

范冰冰創業 力邀恩人劉雪華

【記者徐志雄／台北報導】10年前，劉雪華主動要范冰冰的照片，引介她拍攝瓊瑤的「還珠格格」，就此打開范冰冰星路；10年後，范冰冰自組工作室，推出第1部電視劇「胭脂雪」，描寫一群貞節烈婦如何在傳統禮教中活出真我，劇中擁有貞節牌坊的大家長，范冰冰邀劉雪華主演，她坦言：「我想要報恩。」

說到往事，劉雪華自己都不大記得，她笑說：「當年看到這女孩頭髮長，眼睛大，是瓊瑤喜歡的典型，只是推薦，不算什麼。」

不過范冰冰一直記著這事，她是15歲還在念書時在劉雪華與邵兵主演的「女強人」中軋一角，才拍3天，且跟劉雪華完全沒對到戲。熱愛表演的她因劉雪華幫忙成了瓊瑤女星，感激不在話下。

只不過，當時還發生了段小插曲，范冰冰原本要演「紫薇」，進劇組1周後卻通知她角色換成了丫環「金鎖」，她一時賭氣說不演了走人，後來劇組好言相勸了整整1個月，她才回頭來演。

10年變遷，范冰冰如今已是大陸一線女星，「胭脂雪」她還掛製片頭銜。劉雪華從女主角升格演媽媽、婆婆，她說：「最重要是有戲，角色無所謂，我也不可能再演18歲小姑娘。」演技精湛個性又開朗的她，在各劇組中人緣極佳，只是年輕時她出了名地愛搗亂，演哭戲淚流滿面，腳卻會去踢對手演員搞笑，現在不玩了，她笑著說：「老了嘛，沒力氣玩了。」

▲ 范冰冰（左）當年由劉雪華介紹給瓊瑤入行，為劇中的清秀佳人。

3 欄+細明+11pt

版面十一

Skype大斷線 未通卻計費

昨晚通話品質尚未回復 擬延使用期或點數補償

【記者王珮華／台北報導】知名網路電話軟體Skype，於16日起發生無法登入的故障狀況，Skype台灣代理商網路家庭（PChome online）昨天表示，截至昨天傍晚為止，已有5成用戶可以登入，目前該公司正與原廠針對付費用戶的補償方案進行討論，傾向以延長使用期間，或提供免費點數的方式進行補救。

在全球擁有2.2億個註冊用戶的Skype，自16日晚間起，陸續傳出「無法登入」的問題，故障狀況隨著歐洲、美國上班時間開始而擴大蔓延，總部位於倫敦的Skype，在官方網站上公佈，Skype故障主要是軟體問題，預計12到24個小時修復。不過，截至昨晚，Skype登入狀況仍是不穩，通話品質尚未回復正常。

網路家庭解釋，Skype並非不正常當機，也不是遭遇網路攻擊，故障原因是該軟體演算法問題，導致連線不穩定。Skype目前正儘快恢復正常登入與通話，其次才是擬定補償方案。

Skype在台灣共有600萬個註冊會員，其中有60萬個SkypeOut的付費帳號，針對付費會員的權益損失，Skype會進行補償。

網路家庭通訊應用服務部總監蔡文雄表示，16日下午Skype發生狀況起，網路家庭已經接到上百通抱怨電話，網友除告知無法登入的狀況外，也有的因為通話品質不佳，計費系統卻繼續計費，造成權益損失，或者接通後無端被踢出，卻被計算接通費用，因此針對付費會員所造成的不便，Skype傾向進行補償。

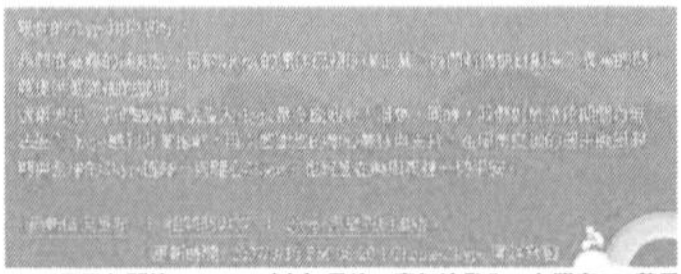

▲16日下午開始，skype（上）系統一直無法登入，台灣有600萬用戶受到影響，同時也擬定補償措施。 翻拍畫面

蔡文雄表示，目前Skype付費會員類型分為以下幾類，一是一般購買點數的扣點用戶、月租型以通計費的SkypePro用戶，以及企業總管用戶，月租型用戶約8千戶，企業總管用戶有2千戶，會有相對應的補償方案。

Skype為全球最大的純軟體網路電話，2005年eBAY以21億美元併購。代理Skype網路家庭，去年有3.5億元來自Skype業務，以斷線一天計算，營業損失百萬。

范冰冰創業 邀恩人劉雪華

當年配角「金鎖」 如今投資9千萬拍戲

【記者徐志雄／台北報導】10年前，劉雪華主動要了范冰冰的照片，引介她拍攝瓊瑤的「還珠格格」，就此打開范冰冰星路；10年後，范冰冰自組工作室，推出的第1部電視劇「胭脂雪」，描寫一群貞節烈婦如何在傳統禮教中活出真我，劇中擁有貞節牌坊的大家長，范冰冰力邀劉雪華主演，她坦言：「我想要報恩。」

說到這段往事，劉雪華自己都不大記得了，她笑說：「當年我看這女孩頭髮長，眼睛大，正是瓊瑤喜歡的典型，只是舉手之勞推薦，不算什麼。」

不過范冰冰一直記著這事，她是15歲還在念書時在劉雪華與邵兵主演的「女強人」中軋一角，才拍3天，且跟劉雪華完全沒對到戲。因劉雪華幫忙成了瓊瑤女星，感激不在話下。

只不過，當時還發生了段小插曲，范冰冰原本要演「紫薇」，進劇組1周後卻通知她角色換成了Y環「金鎖」，她一時賭氣說不演了走人，後來劇組好言相勸了整整1個月，她才回頭來演。

10年變遷，范冰冰如今已是大陸一線女星，「胭脂雪」她還掛製片頭銜。劉雪華從女主角升格演媽媽、婆婆，她說：「最重要是有戲，角色無所謂，我也不可能再演18歲小姑娘。」演技精湛個性又開朗的她，在各劇組中人緣極佳，只是年輕時她出了名地愛搗亂，演哭戲淚流滿面，腳卻會去踢對手演員搞笑，現在不玩了，她笑著說：「老了嘛，沒力氣玩了。」

◀范冰冰（左）當年由劉雪華介紹給瓊瑤入行，為劇中的清秀佳人。

酷爸蔣友柏 拿彆扭兒沒輒

兒子討玩具不成 當眾大哭 老婆嚇傻

【記者林曉萍／台北報導】3日下午，記者目擊蔣友柏和林姮怡帶兒女現身台北101，昔日襁褓中的小玫瑰（蔣得曦），如今已4歲變成了「大玫瑰」，活潑好動的蔣得勇也成了「小酷哥」，一看到喜歡的東西，就吵著爸媽買給他。

他們先到「TOY LAND」買了Q版暴龍玩偶給兒子，在「代官山」填飽肚子後，再到「PAGE ONE」書店買童書。小玫瑰乖巧懂事，和老爸大手牽沉浸書海，蔣得勇則是對看書半點興趣也沒有，即使林姮怡拿出恐龍玩具在他面前晃來晃去，仍不給老媽面子到處跑，還說：「媽媽，這恐龍好恐怖喔！」

結帳時，蔣得勇跟媽媽要玩具，媽媽不理，竟當眾號啕大哭，嚇得林姮怡倒退三步，蔣友柏也拿兒子沒輒，只好裝傻掏錢。對於周末帶妻小出遊，兒子鬧彆扭，蔣友柏維持一貫個性，透過橙果工作室表示：「私人的事情，不予回應。」

連勝文護孕妻 樂當小弟

▲連勝文（上）步出家門到停車場取車，接老婆外出用餐。

【記者王雅蘭／台北報導】「蔡依珊懷孕、連勝文快當爸」幾已是公開的秘密，小倆口日前外出與連戰夫婦吃大餐，連勝文充當老婆的保全兼司機。

1日連勝文夫妻與爸媽相約離住處約300公尺的神旺飯店用餐，連勝文先出門開車，將車直接停在家門口，縮短老婆走路「曝光」時間。才剛有身孕，蔡依珊身材並未走樣，原本有一雙電眼的她，當天電力稍弱。

連戰等人出入都有隨扈、司機在一旁，但連勝文夫妻很「平民」，自行開車。在老婆大人面前，連公子就像連小弟，昨日求證其好友李德維，他代為回答：「這沒什麼好回應的。」

4 欄+細圓+11pt

版面十二

Skype大斷線 未通卻計費

昨晚通話品質尚未回復 擬延使用期或點數補償

【記者王珮華／台北報導】知名網路電話軟體Skype，於16日起發生無法登入的故障狀況，Skype台灣代理商網路家庭（PChome online）昨天表示，截至昨天傍晚為止，已有5成用戶可以登入，目前該公司正與原廠針對付費用戶的補償方案進行討論，傾向以延長使用期間，或提供免費點數的方式進行補救。

在全球擁有2.2億個註冊用戶的Skype，自16日晚間起，陸續傳出「無法登入」的問題，故障狀況隨著歐洲、美國上班時間開始而擴大蔓延，總部位於倫敦的Skype，在官方網站上公佈，Skype故障主要是軟體問題，預計12到24個小時修復。不過，截至昨晚，Skype登入狀況仍是不穩，通話品質尚未回復正常。

網路家庭解釋，Skype並非不正常當機，也不是遭遇網路攻擊，故障原因是該軟體演算法問題，導致連線不穩定。Skype目前正儘快恢復正常登入與通話，其次才是擬定補償方案。

Skype在台灣共有600萬個註冊會員，其中有60萬個SkypeOut的付費帳號，針對付費會員的權益損失，Skype會進行補償。

網路家庭通訊應用服務部總監蔡文雄表示，16日下午Skype發生狀況起，網路家庭已經接到上百通抱怨電話，網友除告知無法登入的狀況外，也有的因為通話品質不佳，計費系統卻繼續計費，造成權益損失，或者接通後無端被踢出，卻被計算接通費用，因此針對付費會員所造成的不便，Skype傾向進行補償。

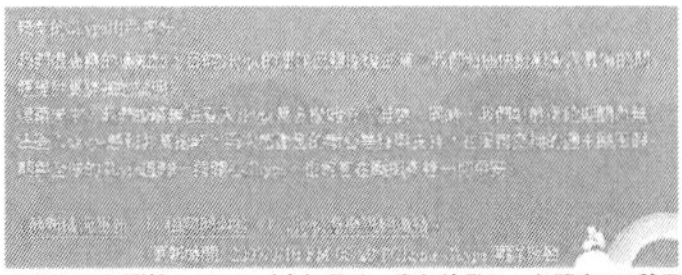

▲16日下午開始，skype（上）系統一直無法登入，台灣有600萬用戶受到影響，同時也擬定補償措施。 翻拍畫面

蔡文雄表示，目前Skype付費會員類型分為以下幾類，一是一般購買點數的扣點用戶、月租型以通計費的SkypePro用戶，以及企業總管用戶，月租型用戶約8千戶，企業總管用戶有2千戶，會有相對應的補償方案。

Skype為全球最大的純軟體網路電話，2005年eBAY以21億美元併購。代理Skype網路家庭，去年有3.5億元來自Skype業務，以斷線一天計算，損失百萬。

范冰冰創業 邀恩人劉雪華

當年配角「金鎖」如今投資9千萬拍戲

【記者徐志雄／台北報導】10年前，劉雪華主動要了范冰冰的照片，引介她拍攝瓊瑤的「還珠格格」，就此打開范冰冰星路；10年後，范冰冰自組工作室，推出的第1部電視劇「胭脂雪」，描寫一群貞節烈婦如何在傳統禮教中活出真我，劇中擁有貞節牌坊的大家長，范冰冰力邀劉雪華主演，她坦言：「我想要報恩。」

說到這段往事，劉雪華自己都不大記得了，她笑說：「當年我看這女孩頭髮長，眼睛大，正是瓊瑤喜歡的典型，只是舉手之勞推薦，不算什麼。」

不過范冰冰一直記著這事，她是15歲還在念書時在劉雪華與郁兵主演的「女強人」中軋一角，才拍3天，且跟劉雪華完全沒對到戲。因劉雪華幫忙成了瓊瑤女星，感激不在話下。

只不過，當時還發生了段小插曲，范冰冰原本要演「紫薇」，進劇組1周後卻通知她角色換成了丫環「金鎖」，她一時賭氣說不演了走人，後來劇組好言相勸了整整1個月，她才回頭來演。

10年變遷，范冰冰如今已是大陸一線女星，「胭脂雪」她還掛製片頭銜。劉雪華從女主角升格演媽媽、婆婆，她說：「最重要是有戲，角色無所謂，我也不可能再演18歲小姑娘。」演技精湛個性又開朗的她，在各劇組中人緣極佳，只是年輕時她出了名地愛搗亂，演哭戲淚流滿面，腳卻會去踢對手演員搞笑，現在不玩了，她笑著說：「老了嘛，沒力氣玩了。」

◀范冰冰（左）當年由劉雪華介紹給瓊瑤入行，為劇中的清秀佳人。

酷爸蔣友柏 拿彆扭兒沒輒

兒子討玩具不成 當眾大哭 老婆嚇傻

【記者林曉萍／台北報導】3日下午，記者目擊蔣友柏和林姮怡帶兒女現身台北101，昔日襁褓中的小玫瑰（蔣得曦），如今已4歲變成了「大玫瑰」，活潑好動的蔣得勇也成了「小酷哥」，一看到喜歡的東西，就吵著爸媽買給他。

他們先到「TOY LAND」買了Q版暴龍玩偶給兒子，在「代官山」填飽肚子後，再到「PAGE ONE」書店買童書。小玫瑰乖巧懂事，和老爸大手牽沉浸書海，蔣得勇則是對看書半點興趣也沒有，即使林姮怡拿出恐龍玩具在他面前晃來晃去，仍不給老媽面子到處跑，還說：「媽媽，這恐龍好恐怖喔！」

結帳時，蔣得勇跟媽媽要玩具，媽媽不理，竟當眾號啕大哭，嚇得林姮怡倒退三步，蔣友柏也拿兒子沒輒，只好裝傻掏錢。對於周末帶妻小出遊，兒子鬧彆扭，蔣友柏維持一貫個性，透過橙果工作室表示：

連勝文護孕妻 樂當小弟

▲連勝文（上）步出家門到停車場取車，接老婆外出用餐。

【記者王雅蘭／台北報導】「蔡依珊懷孕、連勝文快當爸」幾已是公開的秘密，小倆口日前外出與連戰夫婦吃大餐，連勝文充當老婆的保全兼司機。

1日連勝文夫妻與爸媽相約離住處約300公尺的神旺飯店用餐，連勝文先出門開車，將車直接停在家門口，縮短老婆走路「曝光」時間。才剛有身孕，蔡依珊身材並未走樣，原本有一雙電眼的她，當天電力稍弱。

連戰等人出入都有隨扈、司機在一旁，但連勝文夫妻很「平民」，自行開車。在老婆大人面前，連公子就像連小弟，昨日求證其好友李德維，他代為回答：「這沒什麼好回應的。」

4 欄+細明+11pt

Fugitive ex-Hsinchu Council speaker returns

附錄二

小型報版面設計之閱讀效能研究

> 您好！這是一份關於報紙版面閱讀效能之研究，主要針對新聞內容的編排方式進行實驗性的探討，了解在觀看報紙的認知過程中，讀者對於內容的了解程度及易讀性，請您在看完供實驗用的版面內容後，依序回答本問卷之問題，謝謝合作。
>
> 世新大學
> 圖文傳播暨數位出版研究所
> 王祿旺　博士

一、受試者基本資料

就讀學校：＿＿＿＿＿＿＿

性別：□男　□女

年齡：＿＿＿ 歲

二、針對版面的評價，勾選您的看法？

您覺得這個報紙版面，容易閱讀嗎？

□非常容易　□很容易　□普通　□不容易　□非常不容易

三、選擇題：

(　) 一、Skype 斷線時，將用何種方式進行後續的補償處理？

1. 延長使用期　2. 退還金額
3. 贈送禮品　4. 優惠折扣

(　) 二、Skype 全球擁有多少註冊用戶？

1. 6 百萬　2. 5 千萬　3. 1 億　4. 2.2 億

(　) 三、Skype 的總部位於何處？

1. 紐約　2. 倫敦　3. 巴黎　4. 上海

( ) 四、Skype 預計在幾個小時內修復？

1. 0-6 個小時　　2. 6-12 個小時

3. 12-24 個小時　　4. 24-48 個小時

( ) 五、PChome 服務部的總監是誰？

1. 劉文雄　2. 蔡文雄　3.羅文雄　4.張文雄

( ) 六、西元幾年 eBAY 以 21 億美元併購 Skype？

1. 2004　2. 2005　3.2006　4.2007

( ) 七、范冰冰的恩人是誰？

1. 劉雪華　2. 劉虹華　3.瓊瑤　4.陳雪虹

( ) 八、范冰冰創業時投資多少錢拍戲？

1. 3 千萬　2. 5 千萬　3. 7 千萬　4. 9 千萬

( ) 九、范冰冰當年飾演環珠格格裡的哪個角色？

1.小燕子　2.紫薇　3.金鎖　4.香妃

( ) 十、范冰冰自組工作室時，推出的第一部電視劇叫什麼？

1. 胭脂雪　2. 雪花淚　3. 水雲間　4. 彩雲飛

( ) 十一、剛有身孕的蔡依珊，身材在記者眼裡是否有走樣？

1. 有　2. 沒有

( ) 十二、蔣友柏的兒子叫什麼名字？

1. 蔣友常　2. 蔣得勝　3. 蔣得武　4. 蔣得勇

( ) 十三、蔣友柏夫婦到 TOY LAND 買什麼玩具給兒子？

1. 樂高積木　　2. 遙控汽車

3. Q 版暴龍玩偶　　4. 湯瑪士小火車

( ) 十四、蔣友柏夫婦到何處購買童書？

1.誠品　2.PAGE ONE　3.金石堂　4.諾貝爾

( ) 十五、連勝文夫妻與爸媽相約在哪個飯店吃飯？

1.神旺　2.君悅　3.晶華　4.凱悅

( ) 十六、蔣友柏的老婆叫什麼名字？

1.林姮怡　2.林熙蕾　3.林佳玲　4.林美如

～感謝您的配合～

附錄三

受測者同意書

一、試驗主題：小型報版面設計之閱讀效能研究。

二、簡介：報紙除了新聞內容要符合讀者所需外，「版面的編排設計」是報紙在競爭激烈的環境中，一項重要的競爭策略。好的版面設計，是在第一時間吸引讀者的關鍵。現代報紙版面設計，以視覺元素為導向，重視標題、字體的表現和易讀性，對於字體大小、字距、欄位、色彩和圖片等也是報社編輯注視的元素，透過多種視覺元素才能打造出適合讀者的現代化版面，創造新的版面美學。此外，報紙的易讀易翻，會讓新聞呈現更有系統，讀者即使讀全版新聞也不感到疲憊。

三、試驗目的：本研究蒐集國內外有關小型報版面編排和視覺設計之文獻，了解其版面組成的要素和編排原則，並進行電腦排版的工作，設計出十二種不同的版面編排設計形式，其主要目的如下：

1、探討報紙基本組成的要素及版面編排形式。

2、找出小型報字體、字級及欄位等版面編排的最佳的組合。

3、建議適宜的報紙版面編排形式予業者。

四、測試對象：一般大學生。

五、試驗方法與程序：本研究採用閱讀數量控制法，透過讀者閱讀文章的時間，探討其閱讀速率；再由答題的正確性去了解受測者的閱讀效能評估。藉由同一個版面，不同的編排形式，了解受測者的閱讀效能，同時也尋找出最適合小型報的編排模式。

六、說明可能產生之副作用及危險：無任何副作用及危險。

七、預期試驗效果：字級的大小對於受測者的影響有明顯差異；但在欄位方面，版面不論是切割成三欄或四欄，對於受測者閱讀版面並無顯著影響，由此可推測，小型報欄位的劃分，三欄與四欄的閱讀效能差距不大，且每行在閱讀時低於五個字的差異，因此其結果不顯著。

八、緊急狀況之處理：遇有任何情況請即通知施測者。

九、受試者權益：受試者無須負擔有關此研究之任何義務。

受試者或立同意書人有權在無任何理由情況下，隨時要求終止試驗。

立同意書人：________________（簽名）

中華民國九十七年_____月_____日

國家圖書館出版品預行編目

小型報版面設計之閱讀效能研究 / 王祿旺著. -
- 一版. -- 臺北市 : 秀威資訊科技, 2008, 10
面 ; 公分. -- (社會科學類 ; AF0096)
BOD 版
參考書目 : 面
ISBN 978-986-221-091-8(平裝)

1. 報紙版面設計

893.2 97018333

社會科學類 AF0096

小型報版面設計之閱讀效能研究

作　　者 / 王祿旺
發 行 人 / 宋政坤
執行編輯 / 林世玲
圖文排版 / 張慧雯
封面設計 / 蔣緒慧
數位轉譯 / 徐真玉　沈裕閔
圖書銷售 / 林怡君
法律顧問 / 毛國樑　律師
出版印製 / 秀威資訊科技股份有限公司
台北市內湖區瑞光路 583 巷 25 號 1 樓
電話：02-2657-9211　傳真：02-2657-9106
E-mail：service@showwe.com.tw
經 銷 商 / 紅螞蟻圖書有限公司
台北市內湖區舊宗路二段 121 巷 28、32 號 4 樓
電話：02-2795-3656　傳真：02-2795-4100
http://www.e-redant.com

2008 年 10 月 BOD 一版
定價：170 元

讀　者　回　函　卡

感謝您購買本書，為提升服務品質，煩請填寫以下問卷，收到您的寶貴意見後，我們會仔細收藏記錄並回贈紀念品，謝謝！

1.您購買的書名：______________________________

2.您從何得知本書的消息？

☐網路書店　☐部落格　☐資料庫搜尋　☐書訊　☐電子報　☐書店

☐平面媒體　☐ 朋友推薦　☐網站推薦　☐其他__________

3.您對本書的評價：(請填代號　1.非常滿意 2.滿意 3.尚可 4.再改進)

封面設計____　版面編排____　內容____　文/譯筆____　價格____

4.讀完書後您覺得：

☐很有收獲　☐有收穫　☐收穫不多　☐沒收穫

5.您會推薦本書給朋友嗎？

☐會　☐不會，為什麼？____

6.其他寶貴的意見：____

____

____

____

讀者基本資料

姓名：_____________________　年齡：______　性別：☐女　☐男

聯絡電話：_________________　E-mail：_____________________

地址：____

學歷：☐高中(含)以下　☐高中　☐專科學校　☐大學

☐研究所(含)以上　☐其他________________

職業：☐製造業　☐金融業　☐資訊業　☐軍警　☐傳播業　☐自由業

☐服務業　☐公務員　☐教職　☐學生　☐其他__________

請貼
郵票

To：114

台北市內湖區瑞光路 583 巷 25 號 1 樓

秀威資訊科技股份有限公司　　　收

寄件人姓名：

寄件人地址：□□□

(請沿線對摺寄回,謝謝!)

秀威與 BOD

BOD（Books On Demand）是數位出版的大趨勢，秀威資訊率先運用 POD 數位印刷設備來生產書籍，並提供作者全程數位出版服務，致使書籍產銷零庫存，知識傳承不絕版，目前已開闢以下書系：

一、BOD 學術著作—專業論述的閱讀延伸
二、BOD 個人著作—分享生命的心路歷程
三、BOD 旅遊著作—個人深度旅遊文學創作
四、BOD 大陸學者—大陸專業學者學術出版
五、POD 獨家經銷—數位產製的代發行書籍

BOD 秀威網路書店：www.showwe.com.tw
政府出版品網路書店：www.*gov*books.com.tw

永不絕版的故事・自己寫・永不休止的音符・自己唱